葉櫻與魔笛

太宰治

銀色快手　譯

目次

輯四 奇想

譯序

碰到棉花也會受傷的脆弱靈魂——我所知道的太宰治

「這世上沒有什麼不可思議之事。」
「眞實的鬼怪宿於人心之中。」

要不是幾年前的台北電影節放映了《妖怪文豪怪談——葉櫻與魔笛》，恐怕很少人知道原來太宰治也寫過「怪談」一類的作品。這都得歸功於鬼才導演塚本晉也的掌鏡功力，將原著詭異的文字氛圍忠實地呈現在銀幕上。片中相依爲命的姊妹，糾結著愛與嫉妒，成就了一段悲涼淒美的故事。面臨著死期將近的少女，內心有著難以言喻的恐懼和惶惑，死亡像惡夢中伸出的鬼手，這才發覺，死亡如此具體，生命的意志卻是如此薄弱，如風中的殘燭，瞬息火光消滅，什麼也不留下。

太宰治是以怎樣的心情，寫下這些撲朔迷離、瑰麗絢爛的妖異短篇呢？每每在我字斟句酌地揣摩作者的用心良苦，企圖挖掘在諸多故事中蘊藏更深刻的寓意時，總會在腦海中浮現他單手托腮憂鬱的側臉，彷彿苦惱和絕望的暗影從不曾離開似的。寒夜裡不絕如縷的寂寞襲來，他卻要滲著汗水，在原稿紙上一行字接著一行字，塗了又寫，寫了又擦去，寫出那些娓娓道來的故事。

我從小就喜歡怪談。從形形色色的人們口中聽聞各式各樣的怪談。從琳瑯滿目的書籍得知千奇百怪的怪談。說我記得一千則怪談也不誇張，像這樣既神祕，同時又讓人感到嚴肅的話題，除了怪談以外，恐怕在這世上也是絕無僅有。當青色蚊帳外浮現灰色的女子幻影時，或是昏暗的行燈陰影處，一位骨瘦如柴的按摩師弓著背突然咚的一聲坐在那裡時，我藉由這些神祕體驗察覺到神明的存在。——〈怪談〉

一九二六年十二月，他與縣立青森中學的文學同好共同發行的同人誌《蜃氣樓》發表了他早期的短篇作品〈怪談〉。他似乎頗爲自豪地，向讀者宣稱他「記得一千則怪談」並藉由神祕的體驗「察覺到神明的存在」。中學時期的他，最景仰的兩位作家，分別是大正時期的芥川龍之介和泉鏡花，剛好這兩位作家的文風深受英國十九世紀浪漫主義文學思潮的影響，對於羅曼史、哥德小說、吸血鬼奇談、有關鬼屋古堡繪聲繪影的傳說興致濃厚，大量蒐羅相關的讀物，對於怪談異聞的嗜讀樂此不疲。想來，年輕的津島修治（太宰的本名）也曾有相似的閱讀經驗吧。他在〈古典龍頭蛇尾〉如此寫道：

妖怪是日本古典文學的精髓。狐狸娶親。狸的腹鼓。只有這種傳統，至今依然大放異采。一點也不會讓人覺得老舊過時。女性幽靈是日本文學的調味料。是植物性的。

從這段文字當中，可以得知，在太宰的心靈深處，妖怪志異一類的文體，保存著日本古典文學的傳統，但最後一句則令人費解，爲何女性幽靈是日本文學的調味料呢？而且還是植物性的？在翻譯的時候，我一直猶豫著要不要進行解釋，但其實這段話正是解讀本書的重要關鍵。

怎麼說呢？日本江戶時代盛傳有四大幽靈，分別是《四谷怪談》的醜女阿岩、《眞景累之淵》輪迴復仇的阿累、《番町皿屋敷》因打破貴重的花瓶受責罰最後投井自殺的阿菊，以及翻案自中國筆記小說中的豔鬼《牡丹燈籠》的阿露。這些女性幽靈的角色可說是一直依附在父權社會的陰影底下，爲那些飽受折磨無法喊冤的老百姓發聲，也因此她們的故事透過口耳相傳，受到了普羅大眾的歡迎，甚至滲透進入文學作品和戲曲，改編成說書的段子像是「落語」，或改編成「狂言」、「歌舞伎」的劇本。

而太宰所強調的植物性，正是這種攀緣蔓生的女性書寫，相對於「桃太郎物語」這種陽剛氣味濃郁，夾帶著侵略思想的父權意識，太宰更想寫的反而是被體制壓迫而無法發聲的弱勢角色，或是〈皮膚與心〉對於美醜的價值觀如此纖細敏銳的體悟。他手裡握著的這枝筆是武器，文學是他對抗社會乃至整個世界的手段，而他眞正目的是爲了要復仇。向那些以爲能夠統御一切，掌控一切的父權體制，大聲地說不！

爲什麼他硬是要和主流思潮唱反調？這不僅僅是因爲他生來就具備著反骨的精神，而是在戰爭中他清楚地意識到這種殘酷無道的行爲本質就是瘋狂，去別的國家的領土上燒殺擄掠，也給自己的土地帶來了戰災、貧窮和禍害，這豈不是兩敗俱傷的局面嗎？人們爲何要給自己愚蠢的行爲冠上正義的假面呢？這是秉性正直的他所不能容許的事，但在社會瀰漫的僞善風氣下，有些話不說不痛快，又不能公開挑明地講，只好把誠實的話藏在故事之中，讓看得懂的人理解他內心的憤懣不平，壓抑和委屈。

許多人在戰爭中喪生，爲何太宰治卻選擇在戰後，好不容易重獲和平的這個時候急於赴死呢？這也是很多人想不透的謎。反對世俗的作家在死亡已經習以爲常的時代，卻親自選擇殉死作爲他最終的道路，難道眞像是日本的櫻花一樣，總要在開得最美最燦爛的時候，乍然凋零化作浪漫的春泥。

在〈鏗鏗鏘鏘〉這部短篇作品中，主角是一名二十六歲的懦弱男子以提問的書信形式討論人生的虛妄性。人的一生，終歸一句，不外乎生老病死。而太宰用《馬太福音》的一段經文來回答這個問題：

那殺身體，不能殺靈魂的，不要懼怕他們；惟有能把身體和靈魂都滅在地獄裡的，正要怕他。

確實，這部作品傳神地表達了戰後日本人的心情，當所有信靠的價值都已崩毀，籠罩著對什麼都失去意義的虛無主義。在這種情況下，處處不合時宜的太宰治反而成爲這個紛亂瘋狂時代的最佳代言人。

我尤其喜歡〈哀蚊〉描述著昏暗房間的蚊帳上隱約浮現鬼魂的模樣，那種哀怨神祕的氛圍，深刻表露出幼年的太宰對於撫養他的祖母的孺慕之情。喜歡〈玩具〉那個回溯童年記憶的仿若眞實的情境，好像透過回憶的觀景窗就能重回到自己內心憧憬的純眞與美好，沒有成人世界的虛假，不需要裝模作樣。這篇故事又延續著〈哀蚊〉的畫面，詳細地寫著祖母之死：

和祖母並排躺在榻榻米上，我安靜地看著死人的臉。祖母年邁且白淨的臉上，從額頭的兩端皺起了小小的波紋，這些皮膚的波紋很快地擴散至整張臉，看著看著祖母的臉布滿了皺紋。人死的時候，皺紋遽然冒出來，還會動。不停地動。皺紋的生命。就是這樣的文章。

聽說，當一個人瀕死的時候，一生中所有的畫面都會在眼前快速掠過。沒錯，生老病死，都在這個小小的〈玩具〉裡發生了，記憶中的不捨與執念，是如此的纏綿，伴隨著太宰的一生。他看似戲謔，玩世不恭的處世態度，背地裡恐怕隱藏著更多是對生命的恍惚不安以及對死亡的恐懼。如果一個人眞的厭世，什麼都不想留下的話，爲何在生命即將倒數計時的時候，拼命寫出大量的作品留給後世呢？我想他在〈竹青〉裡已經說得很明白了，與其做個棄世絕俗的隱者，不如默默地過著安於貧困的生活，縱使無人理解，也甘於隱遁於塵俗之中，因爲他內心的桃花源不在遠處，也不在近處，他所崇尚的是反璞歸眞的本來面目。

爲了生活，他曾以「黑木舜平」的筆名寫了心理懸疑小說〈懸崖的錯覺〉，太宰深以爲恥，個人反倒認爲這篇小說寫得極好，表現出作家內心的矛盾與痛苦。他寫出來的東西不是爲消費大眾而服務，不是爲了名聲和金錢，也不是爲了愛慕虛榮，而是純粹爲了自我辯解而寫。爲了要告訴世人，我不是你們想像的那個油腔滑調、虛浮浪蕩的形象，我也是有尊嚴的，也希望成爲一個值得讓人崇敬的好人，然而這個時代窒悶的空氣，已經把我壓得快喘不過氣來，如果還寫不出好東西來，那麼我寧可去死。這種拼命的意志，才是太宰寫作小說的原動力。

不光是只有在戰後的那個虛無年代，太宰誕生百年之後，他的文學依然受到年輕人的熱愛，無論《文學少女》或《青澀文學》都紛紛引介太宰的作品給廣大的讀者群。那是因爲他的文字和故事裡，包容著每一個容易受傷的脆弱靈魂，那樣不被理解又渴望自由的個人，在集體社會的巨大陰影下，總會掙脫意識的枷鎖，走出一條眞正屬於自己的路。

銀色快手

輯一　女人心

女人天性就是如此，
有著不可告人的祕密。

葉櫻與魔笛

每逢櫻花凋謝，枝頭長出嫩葉的葉櫻時節，總是會想起──老夫人所說的故事。

距今約三十五年前，當時父親尚在人世，說是一家人，但母親早在七年前往生了，母親走的那年我十三歲，留下父親、我和妹妹三人相依爲命。在我十八歲、妹妹十六歲那年，父親前往島根縣沿海一個兩萬多人的小鎮赴任中學校長，因爲恰巧租不到房子，我們便在郊外靠近山區的位置，向離群索居的寺廟租下獨立的起居室及兩個房間，在那裡一直住到第六年父親調任松江的中學校長爲止。

我是來到松江之後，在二十四歲那年秋天結婚，以當時的社會狀況來說，算是相當晚婚。母親早逝，父親又是一派頑固的學究性格，對世俗之物根本不屑一顧。我深知如果有一天我離開這個家的話，家裡的一切運作將會停擺，因此就算那時候有許多人來提親，我也不想出嫁捨棄這個家。至少，也要等妹妹恢復健康，我才能夠寬心。

妹妹不像我，她長得非常漂亮，秀髮也很長，是個很好、很可愛的孩子，只是身子骨很虛弱。跟隨父親搬到城下的第二年春天，妹妹十八歲的時候離開人世。我現在描述的，就是當時發生的事。

很早之前，妹妹就知道自己將不久於人世，她罹患了腎結核這種嚴重的病。發現時，左右兩邊腎臟彷彿被蟲侵蝕殆盡，醫生很明確地告訴父親，妹妹只剩下百日可活，似乎已束手無策。於是一個月過去了，兩個月過去了，等到差不多百日即將來臨之際，我們也只能沉默以對，不希望妹妹受到任何刺激。妹妹什麼也不知道，反倒很有精神，儘管成天躺臥在床上，還是很開朗地唱歌、談笑、向我撒嬌。再過三、四十天，她就要死了，這是再清楚不過的事實。一想到這件事，我的胸口彷彿堵著一塊大石頭，全身像是被縫衣針穿刺而痛苦不堪，我簡直快要瘋掉了。三月、四月、五月都是如此，到了五月中旬，我永遠也忘不了那一天。

那時滿山遍野一片新綠，天氣暖和得讓人想光著身子。對我來說，耀眼的翠綠讓我的眼睛感到刺痛，我獨自一個人胡思亂想，把手插在腰際，難過地走在荒野的小路上。想著、想著，腦海裡盤旋的淨是痛苦的事，幾乎讓我無法喘息。我壓抑著痛楚不停地走著。咚！咚！彷彿從十萬億泥土所發出的聲響，從春天的地底下絡繹不絕地傳來，聲音幽遠，但幅員遼闊，好像在地獄深處敲擊巨大的太鼓所發出的咚咚聲響，不絕於耳。我不知道那可怕的聲音究竟是什麼？只知道自己快要發瘋了。就在此時，身體變得僵直，突然，「哇」的大叫一聲，重心不穩，一古腦兒跌坐在草原上，不禁放聲大哭。

後來才曉得，那可怕的聲音是日俄戰爭時日本海上軍艦的大炮聲。在東鄉[1]提督一聲命令下，爲一舉殲滅俄國波羅的海艦隊，正在海上猛烈地激戰著。剛好也是這個時候，今年的海軍紀念日也即將到來。位於海岸邊的城下，住在城裡的人大概一輩子也沒聽過如此駭人的大炮聲吧？這類的事我不太清楚，因爲光想著妹妹的病痛我就受不了，整個人快要崩潰，持續聽著那聲音，更讓我覺得像是不祥的地獄太鼓，我坐在綿延無盡的草原上低頭掩面而泣，直到日暮來臨，我才站起來，像是行屍走肉般恍恍惚惚地回到我們住的那間寺廟。

「姊姊。」妹妹叫著我。那陣子妹妹很虛弱，整個人提不起勁，她似乎隱約知道自己來日不多，不再像以前那樣對我無理取鬧，向我百般撒嬌。愈是這樣，對我來說心情反而更加地難過。

「姊姊，這封信，何時收到的？」

我感覺胸口猛然一震，很清楚意識到自己瞬間臉色慘白。

「是何時收到的呢？」妹妹隨口問道。

「就在剛才啊，趁妳睡覺的時候。妳邊笑邊睡，我就偷偷地把信放在枕頭上，妳不知道嗎？」我回過神說。

「啊，我不知道耶。」妹妹在夜暮低垂時的昏暗房間裡，蒼白而美麗地笑著。

「姊姊，這封信我讀過了，好奇怪喔，怎麼會有不認識的人寫信給我。」

怎麼會不知道？我很清楚地知道，那封信是一個署名M・T的男子寄來的。這個人，我從不曾見過他。是在五、六天前，我悄悄整理妹妹衣櫥時，從角落的抽屜深處找到的，有一束用綠色緞帶綁好的信藏在裡面，明知道不應該這樣做，我還是忍不住好奇拆開來看。將近有三十封左右，全都是那個署名M・T的男子寄來的信。M・T的名字並不是寫在信封上，而是很清楚地寫在信件裡。信封上寫著許多寄件者的名字，那些全都是妹妹朋友的名字。我和父親做夢也沒想到妹妹竟然會跟陌生男子有這麼多書信往來。

這個叫M・T的人，一定是處心積慮地向妹妹詢問了她許多朋友的名字，然後再用那些名字連續不斷地寄信過來。我是如此推測，同時也對於年輕人的大膽感到十分訝異，要是嚴厲的父親知道此事，不曉得會變成怎樣？我雖然害怕得渾身顫抖，卻還是照著日期順序一封封把信讀完，讀著讀著不由得感到莫名地興奮有趣，有時候讀到一個人咯咯發笑，最後連我自己也覺得開啓了一個廣大的世界。

那時我才剛滿二十歲，有著許多身爲年輕女子不爲人知的苦楚。閱讀這三十多封

1 東鄉平八郎，與乃木希典並稱日本「軍神」。一九〇四年，日俄戰爭中任日本聯合艦隊司令官，大破俄國的波羅的海艦隊。

信，像是在湍急的河谷中隨波逐流，很快地讀完了。讀到去年秋天寄來的最後一封信，我霍然起身，那感覺就像是晴天霹靂，搞不好比我想像的還要糟。我驚魂未甫險些站不穩。妹妹和那個男人之間的戀愛並不是出於眞心，而是愈見其醜陋。於是，我憤而把信件燒掉，一封不留地全部燒掉。

M・T似乎是住在城下町，是個收入不多的歌人，卑劣的他一聽說妹妹的病情之後，就打算拋棄她，在信中以平靜口吻寫著「讓我們忘掉彼此吧」之類殘酷的話。從那之後，他似乎再也沒有寄過一封信。假如我保持沉默，當作是一生的祕密不告訴任何人，妹妹就會以美麗少女的姿態逐漸凋零。誰也不會知道，我內心多麼掙扎，當我得知了那樣的事實之後，更加覺得妹妹很可憐，心中千頭萬緒，連我自己也感覺到心痛，五味雜陳，難過不已。那種痛，若不是思春期的少女是不會明白的，那是人間煉獄。就好像自身遭逢悲慘的際遇般，感到相當的痛苦，那時候，我眞的覺得自己變得有些異常。

「姊姊，請妳念給我聽。這究竟是怎麼回事，我一點也不明白。」

我打從內心憎惡妹妹的不老實。

「我可以念嗎？」我小聲地探詢妹妹的意願，從妹妹那兒接過信紙的手指迷惑地顫抖著。不用拆開信，我也知道信的內容。但我必須裝作事先不知情地念著這封信。信上是這麼寫的，我粗略地看著這封信：

今天，我要向妳說抱歉。之所以一直忍到今天沒有寫信給妳，是因爲我缺乏自信。我很窮、沒有才幹，實在沒有能力給妳任何東西。能給妳的只有話語，即使這些話語裡沒有半點虛假。只有話語，能證明我對妳的愛，除此之外，什麼也做不到，我對自己的無能爲力，感到深惡痛絕。

我一整天，不，就連夢中也忘不了妳，可是我卻什麼都無法給妳。那種痛苦，讓我想要與妳分開。看到妳愈來愈不幸，我的愛情就愈陷愈深，使我內疚而再也無法靠近妳，能了解嗎？我絕不是爲了哄騙妳才說這些的。我想說，那是出於我本身正義的責任感使然。但是我錯了，很明顯錯了。對不起！對妳，我只是個想成爲完美的人、滿足個人私慾的傢伙。我們寂寞且無力，別的什麼也不會，所以我如今深信，至少秉持誠實贈言，才是眞正謙虛美好的生存之道。

我時常在想，在能力可及的範圍內，應該爲了實踐它不斷努力。哪怕是再小的事都行。即便是一朵蒲公英的贈禮，也能毫不羞愧地獻予對方，我相信這才是最有勇氣、像個男子漢的態度。我不會再逃避了，我愛妳。

每天、每天，我會寫歌送給妳，然後，每天、每天，我會在妳的庭院籬笆外面吹口哨給妳聽。明天的晚上六點，我會用口哨吹這首〈軍艦進行曲〉送給妳，我的口哨吹得還不錯喲。現在，我的能力只能做到這樣。不要笑我，不，請儘量笑我吧。請好好活下去。神明一定在某處看顧我們。我十分確信。無論妳我都是神的寵兒，我們一定可以擁有美滿的婚姻。

等待復等待
今年花開時
乍聞桃花白
桃花已染紅

我會努力的，一切將會好轉。那麼，明天見。M・T

「姊姊，我知道了！」妹妹以清澈的聲音喃喃地說。

「姊姊，謝謝妳。這封信，是姊姊寫的吧？」

我處於極度羞恥狀態下，好想把這封信撕成千萬碎片，痛苦地扯著頭髮——坐立難安大概就是這種感覺吧。信是我寫的沒錯。妹妹的痛苦我無法坐視不管。打從那天起，每天我都會模仿M・T的筆跡，直到妹妹去世那天爲止，費盡心思寫著拙劣的和歌，然後在晚間六點，偷偷地躲在籬笆外吹口哨給她聽。

好丟臉！還寫了拙劣的和歌，好難爲情喔。這輩子從未有過的感覺，我沒辦法馬上回應她。

「姊姊，妳別擔心，我不會介意的。」妹妹的聲音出奇地鎮定，她聖潔而美麗地微笑著。

「姊姊，妳已經看過用綠色緞帶綁起來的那些信吧？那是假的。因爲太寂寞了，前年秋天，我開始寫信，一封封投遞出去，再寄給自己。姊姊，別做傻事，要好好珍惜自己的青春。自從生病以來，我逐漸明白了這點。獨自寫信給自己，感覺好骯髒！好悲慘！好愚蠢！如果能眞正和男人大膽地戀愛，該有多好，好想讓他緊緊地抱著我。姊姊，至今以來，別說是戀人，就連一般男人也不曾交談過。姊姊也一樣吧。但姊姊與我不同，妳聰明又伶俐。啊，死亡什麼的，眞討厭。我的手、指尖、頭髮都好可憐。死亡什麼的，眞的好討厭！好討厭！」

悲傷、恐懼、喜悅、羞愧，種種情緒全湧上了心頭，我不知道該如何是好，我將臉貼上妹妹削瘦的臉頰，只能流著淚輕輕抱起妹妹。就在這時候，啊！聽見了，低沉幽遠，不過，確實是〈軍艦進行曲〉的口哨聲。妹妹也側耳傾聽。抬頭一看時鐘，恰巧六點整。在無法言喻的恐怖之下，姊妹倆緊緊地抱在一起，動也不敢動，就在庭院葉櫻林深處傳來不可思議的進行曲。

我相信神明是存在的，肯定存在的。在那之後的第三天，妹妹因病去世了。醫生歪著頭懷疑地說，這麼安詳，應該是早就已經斷了氣。然而，那時候我並不覺得訝異，因爲我相信這一切都是神明的旨意。

如今——隨著年紀漸長，有許許多多的物欲，會感到十分羞恥。信仰似乎也有些薄弱了吧。那個口哨，搞不好是父親的傑作，我始終抱持著這樣的懷疑。也許父親從學校下班回來，在隔壁房間偷聽到我們的對話，覺得於心不忍，嚴厲的父親才決定編出他這輩子唯一的一次善意的謊言。我曾經這樣想過，但是我知道，這種事絕不可能發生。要是父親還在世，倒是可以問一問。現在父親過世倏忽之間已過了十五年了。不，這一定是神的恩典吧。

我寧願相信是神的恩典，這樣的想法讓我安心。上了年紀以後，切記不可因爲物欲變多，信仰也跟著薄弱起來，要引以爲戒才是。

皮膚與心

又冒出來了！發現左乳下方冒出一粒紅豆般的小疙瘩。仔細一瞧，小疙瘩附近又有幾粒紅色小疹子，像噴霧的水珠遍布在四周。不過，那時候，我一點也不覺得癢。只是覺得很煩，在澡堂裡用毛巾使勁地搓洗乳房下方，像扒下一層皮似的。但似乎沒什麼效果，回到家獨自坐在梳妝台前，解開衣服露出胸部，照了照鏡子，感到一陣噁心。從公共澡堂到我家，不到五分鐘的路程，就在極短的時間內，疹子的範圍從乳下擴展至腹部，約莫兩個手掌寬，從表面看上去，宛如鮮紅的熟草莓。我彷彿看見恐怖的地獄繪卷，周圍頓時暗了下來。從那時候起，我已不再是過去的我，感覺自己不像個人了。所謂的失神，指的就是這樣的狀態吧。

我整個人恍神地呆坐在原地，那一刻近乎永恆。暗灰色的積雨雲在我的周圍聚攏，我已遠離原本的世界，從那時候起，只聽得見微弱的聲音，鬱悶的，從地底無時無刻地冒上來。我盯著鏡子裡的裸身，看了好一會兒，像是雨滴落在地上，噗哧噗哧地，這邊和那邊，紛紛冒出了紅色的小顆粒，包括脖子周圍，從胸口、腹部到背部，像是被纏繞似的。我調整鏡子，檢視背部，白淨的背部像灑滿了赤色的雪霰，遍布紅色的微小顆粒，我驚恐地捂著臉，不敢再看下去。

「這鬼玩意兒，到處長。」我秀給那個人看，那是六月初的事。那個人穿著短襯衫、短褲，一副今天工作告一段落的樣子，呆坐在工作桌前抽著菸，然後站起來，對著我東瞧西看，皺著眉仔細地觀察，還用手指到處碰觸看看。

「不會癢嗎？」那個人問我。我回答他，不癢，一點也不癢。那個人點點頭，讓我站在夕陽餘暉下，很專注地繞著我的裸身檢查。那個人無論何時，對我的身體都很仔細留意。雖然沉默寡言，卻很真誠地關心我。我很明白那個人的用心，即便像這樣站在光線下，羞恥地裸露著，一會兒朝西，一會兒朝東，狼狽地來回被摸弄，我反而像祈禱一般，心情異常平靜，覺得非常安心。我持續站著閉上雙眼，有種到死也不想睜開的心情。

「我不知道啊。如果是蕁麻疹的話，應該會覺得癢，會不會是麻疹？」

我可憐地笑著，一邊換上和服。

「八成是皮膚過敏吧。每次去澡堂的時候，我都會用力地擦洗胸前和脖子。」

或許是這樣吧。應該是吧。那個人一說完，就去藥局買了一管白色的黏稠狀藥膏，靜靜地用手指將藥膏塗抹在我身上過敏的地方。很快的，皮膚感覺涼涼的，心情也變輕鬆了。

「應該不會傳染吧？」

「別擔心。」

雖然那個人這麼說著，但我知道那個人的擔憂，想必出自於對我的憐憫，那樣的心情，從那個人的指尖到我的胸口，發出疼痛的聲響。我打從心底希望能夠早日康復。

那個人一直很細心包容我醜陋的容貌。我的臉有許多可笑的缺點——他卻連一句玩笑話也未曾說過，眞的一點也沒有，從不曾取笑我的長相，總是像晴空般澄澈，沒有多餘雜念的樣子。

「我認爲妳長得很漂亮，我喜歡。」這類的話，經常脫口而出，我也時常感到困惑。

我們剛結婚，是今年三月的事。說到結婚，我實在很討厭，明明內心浮躁不安，又故作鎭定地說出口。我們的情況是，既軟弱又貧困，敏感而害羞。我已經二十八歲了。像我這樣的醜女，是找不到對象的。二十四、五歲的時候，我還有兩、三個機會，好不容易談妥了，又破局，好不容易談妥了，又破局。主要是因爲我家沒什麼錢，母親一人，加上妹妹和我，組成清一色女性的貧困家庭，能找到什麼好對象呢？根本沒希望。這是一個欲望很深的夢，直到二十五歲，我才終於覺悟。我這一生即使不結婚，也要幫助母親，養育妹妹，這就是我生存的價値。

妹妹和我相差七歲，今年二十一歲，人長得漂亮，也漸漸不再任性，變成一個乖孩子。等我爲妹妹覓得一位如意郎君之後，就要開始走我自己的路。在那之前，家裡，所有的家計、對外的交涉全由我一個人扛下來，我要一直守護著這個家。一旦有此覺悟，從前內心裡亂哄哄的那些雜念隨即一掃而空，苦悶和寂寞也離我遠去。趁著做家事的空檔，我還努力地練習洋裁，試著接受訂製，幫鄰居們的孩子做衣服。正當我朝著未來的路逐步邁進時，有人向我介紹了現在和我在一起的那個人。

來說媒的算是亡父的恩人、父親的結拜兄弟，使我當下無法拒絕。從談話內容得知，對方的學歷只有小學畢業，自小孤苦無依，是被亡父的恩人撿來，慢慢撫養長大。當然對方也沒有什麼財產，三十五歲，是個有點本事的圖案設計者。月收入有時超過二百圓以上，但有時又半點收入都沒有，所以平均起來，一個月的收入是七、八十圓。而且，對方不是第一次結婚，他和喜歡的女人一起生活了六年，前年兩人因故分開，他因爲只有小學畢業，沒有傲人的學歷，也沒有足夠的積蓄，加上年紀又大等等因素，對婚姻這件事徹底死心，打算一生不娶，輕鬆過日子，當個單身漢。

對於這點，前來說媒的恩人認爲，那個人太隨性了，才會被別人說成是怪咖，這樣不太好，必須趕緊找個好媳婦，他才能稍稍放心。聽他這麼說，母親和我不知該說什麼才好，兩人妳看我，我看妳，眞是令人大傷腦筋。因爲這算不上一門好親事。即便我是個嫁不掉的醜女，但我也沒犯什麼過錯，憑什麼非得嫁給那種人？一開始我很火大，後來又覺得非常寂寞。除了拒絕也沒別的辦法，偏偏來說媒的是亡父的恩人，又是結拜兄弟，母親和我也不能馬上斷然拒絕。

我很軟弱，遲遲做不出決定，突然覺得那個人也滿可憐的，必定是個溫柔的人。我只不過是女校畢業，沒什麼學問，又拿不出像樣的嫁妝。父親已過世，家庭失去了強而有力的精神支柱。而且，如同你所看到的，像我這樣的醜女人，已經是個年紀不小的歐巴桑，實在找不到什麼優點。說不定結爲夫妻會很合得來。反正，我是不會幸福的。一想到婉拒這門親事，對亡父的恩人會很過意不去，我的心情也慢慢緩和下來，倒是有些害臊，感覺臉頰正微微地發燙。母親憂心忡忡地問我：妳這樣做眞的好嗎？然而，我什麼話也沒說，慨然允諾了亡父的恩人所提的親事。

結婚之後，我過得很幸福。不，該說是幸福得過分。以後會有報應的，因爲婚後的我受到無微不至的呵護。那個人總是很軟弱，加上曾被女人拋棄過，更是一副唯唯諾諾的樣子，完全沒自信，又瘦又小，一臉的寒酸相，看了眞教人不耐煩。然而，那個人對於工作相當認眞，手繪的圖案讓人驚豔，只要看上一眼就會記住，並且印象深刻。好奇妙的緣分啊。我試著去拜訪那個人，確定婚事的時候，就像已經談了戀愛似的，我的心撲通撲通地跳個不停。銀座有家知名的化妝品店薔薇藤蔓的商標就是他設計的。不只是那個，那家化妝品店銷售的香水、肥皂、蜜粉等商標設計以及報紙廣告，幾乎都是由他一手包辦。

聽說從十年前開始，就已是那家店的專屬設計師，異色的薔薇藤蔓標籤、海報、平面廣告全靠他一個人手繪。至今，那個薔薇藤蔓圖案，連外國人都記得，即使不知道那家店的名字，只要看到了彼此纏繞著的典雅薔薇藤蔓，不論是誰，都會牢牢地記住。我讀女校的時候，就知道那個薔薇藤蔓的圖案。那圖案莫名地吸引我，自女校畢業後，我所使用的化妝品，全是那家店的產品，可以說是死忠的愛用者。但我從未想過那個薔薇藤蔓的設計者是誰？眞是個漫不經心的傢伙。不過，不光是我，我想世上的人，即使看見了報紙上美麗的廣告，也不會刻意想知道圖案是誰設計的吧。圖案工什麼的根本就是爲人作嫁的角色嘛。

嫁給那個人以後，過了一段時間，我才開始注意這件事。當下我滿心喜悅。

「我從讀女校那時起，就非常喜歡這圖案。原來是你手繪的啊，眞開心！我好幸福。原來早在十年前，我們就結緣了。看來嫁到這裡，是上天安排好的。」

「別胡說八道了，不就是技工的工作嗎？」他打從心底覺得很尷尬，眨巴著眼睛，無力地笑著，一臉悲傷的表情。

那個人總是說自己很沒用，儘管我沒把這些事放在心上，但他卻對學歷以及再婚、貧窮等等，非常在意，始終掛在嘴邊。倘若如此，像我這樣的醜女，到底該如何是好呢？夫妻倆都沒自信，慌亂不安，彼此的臉上都布滿了羞紋。那個人有時會對我很撒嬌，但我是個二十八歲的歐巴桑，長相又這麼難看，再加上看到那個人沒自信、自卑的模樣，連我似乎也被傳染了，變得不擅言辭。明明心裡愛慕著，卻怎樣也無法天眞無邪地對他撒嬌，我總是態度認眞，冷淡地予以回應，於是，那個人更顯得悶悶不樂。我就是因爲了解他的感覺，才會這麼地慌張，有時把他當作是陌生人看待。那個人似乎也很清楚我沒什麼自信，三不五時裝作若無其事，不得要領地讚美我的容貌或和服的花色等等，因爲知道他是出自憐憫才會這麼說，所以我一點也不感到喜悅，反而覺得胸口鬱悶，難過得想哭。

那個人確實是個好人。之前那個女人的氣息，連一絲也沒有留下。拜他所賜，我老早把這件事給忘了。就連這個家，也是結婚後新租的房子，那個人從前獨自住在赤坂的公寓，但他把以前同居時的家具和所有雜物全部清掉，只帶著工作上要用的物品，搬到築地的這個新家，想必是顧及到不願留下不好的印象，這也是一種溫柔的體貼吧。於是，我向母親那邊拿了一些錢，就這樣一點一滴添購家具，被單和衣櫃都是我從娘家帶過來的，完全沒有之前那個女人的影子，我現在很難相信那個人曾經和其他女人一起生活了六年。

坦白說，如果他不那麼自卑，能對我更強悍一點，大聲地罵我，說些難聽的話蹂躪我，我也許可以天眞地唱歌，盡情地對他撒嬌，我們家的氣氛肯定會更開朗，然而夫妻倆都自覺醜陋，不擅言辭——總之，我比起那個人更顯得自卑。雖說那個人只有小學畢業，但學識涵養方面，與大學畢業的學士相比，程度上並沒有差別。說到唱片，他蒐集了相當多好聽的音樂，工作之餘也會認眞地讀一些我從未聽過的外國新銳小說家的作品，而且還設計出那個世界性的薔薇藤蔓圖案。

儘管他時常嘲笑自身的貧窮，但那一陣子接了不少工作，有一百圓、二百圓的大筆金額入帳，即便手邊的錢不多，還是會想要帶我去伊豆泡溫泉。不過，那個人到現在仍舊很介意被單、衣櫃、其他家具是拜託我母親買來的。他如此介意，反倒讓我覺得羞恥，好像做了什麼壞事，那些東西明明都是些便宜貨，我感到難過地想哭，看來基於同情和憐憫而倉促結婚本身就是個錯誤，也許我還是適合一個人生活比較好吧。我曾在夜裡出現這些可怕的想法，甚至還曾經動過外遇的念頭，想去追求個性更堅強的對象，總之，我是個壞人。

結婚之後，初次的青春美麗，就這麼灰暗地度過，我實在心有不甘，就像咬到舌頭般地感受到劇烈的疼痛，現在好想要拿什麼來塡補它。我和那個人靜靜地吃著晚飯時，有時還是難忍悲傷，手上拿著碗筷，一副哭喪著臉的模樣。都怪我的私慾作祟，長得這麼醜，還想追求什麼青春。只會成爲別人的笑柄罷了。我只是維持現在這樣的生活，就覺得很幸福了。我不得不這麼想，就是因爲太任性了，所以才會長出如此可怕的小疙瘩。八成是因爲塗了藥，小疙瘩沒有繼續擴散，說不定明天就會痊癒，我暗自向神明祈禱，那天晚上提前休息。

我一邊躺在床上一邊努力思考，愈想愈覺得不可思議。無論生什麼病，我都不會感到恐懼，唯獨皮膚病，我完完全全對它沒轍。再怎樣辛苦、再怎樣貧窮也無所謂，我就是不想得到皮膚病。這並不表示我不知道缺了一隻手或斷了一條腿，比起皮膚病要來得多嚴重。記得念女校時，健康教育課有教到各式各樣皮膚病的病原菌，我渾身發癢受不了，好想把教科書上刊載著那個病蟲、細菌照片的那一頁猛然撕毀。老師的神經似乎比較遲鈍，不對，即便是老師，也沒有辦法心平氣和地指導。純粹是因爲工作，拼命地忍耐，裝作理所當然的樣子教課。愈覺得肯定是這樣，對於老師厚顏無恥的卑劣性格愈覺得渾身不舒服。

上完健康教育課之後，我和朋友進行了討論。疼痛、搔癢、發癢，哪一個最痛苦？對於這樣的議題，我斷然地主張發癢才是最可怕的。難道不是嗎？痛苦、搔癢，自己的知覺還有一定的限度。被打、被砍或是被搔癢，當痛苦到達極限的時候，人必定會昏過去。一旦昏迷就會進入幻覺的世界。會有升天的感受。可以從痛苦中美麗地解脫。即便是死，也沒什麼關係吧。可是發癢，就像潮水一樣，漲潮，退潮，漲潮，退潮，宛如蛇群遲鈍而緩慢地蠕動，無止盡地在表皮底下蠢動，絕不會到達痛苦的頂點，既不會昏厥，也不會死亡，只能永遠地承受凌遲般的痛苦，在那邊掙扎得死去活來。不管怎麼說，這世上沒有比發癢更難受的痛苦。

就算是在從前的刑場接受拷問，被砍、被打或者被搔癢，在那樣的情況下，我也不會從實招來。那時候，我肯定會暈過去，要是來個兩、三次，我八成會沒命。我絕不會供出實情，我會拼上烈士的性命，誓死保守祕密。不過，如果在竹桶裝滿了跳蚤、蝨子或疥癬，說著「來吧！我要把這些東西全撒在妳的背上！」我會汗毛直豎，渾身顫抖大喊救命，完全不顧烈女的身分，兩手合十，哀求對方。光是這樣想，就覺得好想吐，簡直快跳起來了。當我在休息時間把剛才的想法說給朋友聽，她們立刻有了共鳴。

有一回，老師帶領全班同學，前往上野的科學博物館進行校外教學，一到了三樓的標本室，我下意識地發出尖叫聲，眞不該來的，然後哇哇大哭。因爲我看見寄生在皮膚上的恙蟲，做成像螃蟹般大小的模型，在架上排成一列當作擺飾。「笨蛋！」我大叫著，突然冒出了瘋狂的念頭，好想掄起棍棒把標本室的玻璃砸個粉碎。從那之後，連續三天，我輾轉難眠，不知怎地全身發癢，食不下嚥。我連菊花也討厭。小小的花瓣一片一片，感覺像什麼怪物似的。即使看見樹幹上凹凸不平的樣子，也會起雞皮疙瘩，全身突然發癢。甚至無法理解有人爲何能夠不以爲意地吃下醃漬魚卵之類的食物。

牡蠣殼、南瓜皮、碎石路、蟲吃的葉子、雞冠、芝麻、絞染圖案、章魚腳、茶葉渣、蝦子、蜂巢、草莓、螞蟻、蓮子、蒼蠅，鱗片，全部都討厭。標注的假名，討厭。小假名看起來像蝨子。茱萸、桑果也都討厭。看到月亮的特寫照片，我也覺得噁心，即便是刺繡，順著花紋觸摸，也會難以忍受。因爲非常討厭皮膚病，很自然對皮膚特別地呵護，至今幾乎未曾長過小疙瘩。而且，結婚後，我還是會每天去澡堂，用米糠搓洗身體，或許是搓揉得太用力吧。長出這樣的小疙瘩，實在教人悔恨不已。我到底是做錯了什麼？說到神明，祂太過分了。竟然給了我最討厭、最噁心的東西，又不是沒有其他的病，就像一箭射中金屬的靶心，讓我一下子跌入最恐怖的地獄深淵，令我深深感到不可思議。

隔天早晨，天色微明，便已起床，悄悄地照著鏡台，不禁發出「啊！」的一聲呻吟，我是妖怪！這不是我！全身看起來像是被砸爛的番茄，脖子、胸部、肚子上紛紛冒出奇醜無比、宛如豆粒的小疙瘩。像長著角似的，又像長出香菇似的，完全沒有空隙，小疙瘩幾乎遍布全身上下所有的地方，彷彿無數的怪物張開嘴竊笑著。馬上就要擴散到雙腿的部位。

鬼。惡魔。我不是人！讓我就這樣死了吧！我不能哭。變成如此醜陋的身體，還抽抽噎噎地哭，一點都不可愛，還會像日益熟透的柿子被輾壓成滑稽而卑賤的模樣，呈現束手無策的悲慘光景。我不能哭，要隱藏起來。那個人還不知道。我不想讓他看到。原本醜陋的我，又變成這副德行，如行屍走肉般腐爛的皮膚，如今我已經是毫無可取之處了。事情演變至此，那個人也找不到可以安慰我的話了吧。我討厭被安慰，如果還繼續同情這樣的身體，我會唾棄那個人。討厭。我好想就此分手。別再同情我了！不要看著我，也不要陪在我身旁。

啊，好想，好想住更寬敞的房子，好想一輩子生活在遙遠的房間裡。如果沒結婚的話，該有多好。如果只活到二十八歲，該有多好。十九歲那年冬天，罹患肺炎的時候，如果病情不樂觀就這樣死掉該有多好。如果那時候死掉的話，現在就不會遭遇如此痛苦、慘不忍睹的情況。我緊閉上雙眼，一動也不動地坐著，只有呼吸急促，這過程中感覺我的心變成了鬼。世界寂靜無聲，昨日的我不存在了。我緩慢地站起來穿上獸皮般的和服，深深地感謝和服的美好。無論再怎麼可怕的身體，都能夠像這樣好好地隱藏起來。

我提振精神，往曬衣場走去，抬頭望著刺眼的太陽，不禁深深嘆了一口氣。耳邊傳來收音機的體操指令。我一個人寂寞地做著體操，小小聲地數著一、二、三，裝作看起來很有精神的模樣。突然覺得自己好可憐喔，如果不繼續做體操，待會可能會哭出來。不曉得是不是剛才激烈運動的關係，脖子和腋下的淋巴腺開始隱隱作痛，輕輕一摸，全部都腫脹起來。當我發現的時候，已經站不住了，像崩潰似的整個人跌坐在地上。我長得很醜，一直以來都小心翼翼，低調地忍耐著撐到了現在，爲什麼要欺負我？幾乎可以把人燒焦的熊熊怒火湧上了心頭，就在此時……

「哎，原來妳在這邊，別垂頭喪氣嘛！」身後傳來那個人溫柔的呼喚。

「怎麼樣？身體好點了沒？」

身。

本來想回答好一些了，那個人的右手忽然輕輕搭在我的肩上，我本能地逃開，站起

「回家去吧。」不自覺地冒出這句話，連自己都快要不認得自己了。要做什麼？要說什麼？都不是我的責任，自己？宇宙？所有的一切我都不相信了。

「讓我看一下嘛。」那個人似乎很困惑，沙啞的聲音彷彿從很遠的地方傳來。

「不要！」我立刻抽身閃避對方。

「在這種地方，長出一粒一粒的東西。」我用雙手摸著兩邊的腋下說道。

然後放下雙手，突然間號啕大哭，忍不住哇哇叫。這麼難看的二十八歲的醜八怪，還在人前又撒嬌又哭泣，多麼的可悲啊！即使我知道哭得很醜，但淚水就是流個不停，口水也滴下來了，我眞是一點用也沒有。

「好啦，別哭了！待會帶妳去看醫生。」從未聽過那個人如此強硬果決的聲音。

那一天，他暫時放下工作，查閱報紙的廣告欄，打算帶我去看只聽過一、兩次名字的知名皮膚科醫生。我一邊更換外出的和服，一邊問：

「看病就非得把身體給人看嗎？」

「是啊。」那個人非常高雅地微笑著說：「別把醫生當作男人唷。」

我臉紅了，但內心覺得很高興。

當我走到街上，陽光燦爛，感覺自己像是一條醜陋的毛毛蟲。多麼希望在病好之前，世界一直處於完全黑暗的深夜中。

「我不想搭電車！」結婚以來我第一次像這樣奢侈而任性地說話。小疙瘩已經蔓延到手背上，我曾經在電車上看過一個女人長著如此恐怖的手，從那以後，我連抓住電車的皮革吊環都覺得不乾淨，害怕自己可能被傳染而感到噁心。然而，現在我的手變得和那個女人的情況差不多，對於所謂的「厄運當頭」這句俗語，我當時還沒辦法像現在了解得這麼透澈。

「我明白了。」那個人以陽光般的表情回答，讓我坐上計程車。

從築地，途經日本橋，到位於高島屋後方的醫院，只花了一小段時間，可是在那之間，我有種搭乘靈車的感覺。似乎只剩下眼睛還活著，無神地望著初夏的街巷風情，走在路上無論是女人還是男人，都不會爲我長出這種小疙瘩覺得奇怪。

抵達醫院，我和那個人一同進入候診室，在這裡又是和世界完全不同的風景，我忽然想起很久以前在築地小劇場[1]看過的《深淵》這部戲的舞臺場景。雖然窗外一片新綠，如此耀眼明亮，但不知怎麼回事，即使室內有陽光，還是覺得光線昏暗，空氣中飄散著冷冽的濕氣，酸味撲鼻，猶如盲人們低著頭到處亂竄。這裡雖然沒有盲人，但總覺得哪裡不大對勁，老爺爺和老太太多到令我訝異。我在靠近入口處的一張長椅邊坐下來，像死掉一樣，垂頭喪氣地閉上眼睛。突然我注意到在爲數眾多的病人當中，也許只有我罹患了最嚴重的皮膚病。想到這點，不由得張大了眼睛，抬起頭，偷偷看著每一位病人，果然，像我這樣身上到處亂長瘡的，一個人也沒有。

我是看到了醫院玄關的招牌才知道，這裡除了皮膚科以外，還是專治另一種讓人難以啓齒的討厭疾病的專門醫院。我還注意到，坐在長椅對面的男子，長得像是年輕俊美的演員，身上完全沒有長瘡的樣子，也許並不是掛皮膚科的門診，而是爲了另一種疾病而來。這麼一想，我似乎可以感受到待在這間候診室那些低頭坐著等死的人們，好像也都是爲了另一種疾病而來。

「你要不要去外面散散步？這邊有點兒悶。」

「似乎還沒輪到我們。」那個人閒閒沒事，一直站在我身旁張望著。

1 築地小劇場是日本當代戲劇的重要據點，由小山內熏、土方与志於一九二四年創設啟用，他們引進西方的舞台劇翻譯成日文演出，著重戲劇的實驗性。

「嗯，輪到我的時候差不多中午了。這裡不衛生，你別老待在這裡。」連自己也覺得訝異，竟說出如此果斷的話。那個人則是逆來順受，緩緩點頭。

「妳不一起出去嗎？」

「不，沒關係，我待在這裡就好。」我微笑地說：「因爲我待在這裡最輕鬆。」

好不容易把他趕出候診室後，我才稍稍放心，於是又靠著長椅，像是酸痛般地閉上了眼睛。從旁人的眼光，我一定是個裝模作樣、沉浸在愚痴妄想中的老女人吧。可是，對我來說這樣最輕鬆。裝死。一想到這個字眼，就覺得很可笑。不過，我漸漸地開始擔心起來。誰都有祕密。感覺有人在我耳邊小小聲說著討人厭的話，讓我心神不寧。忽然背脊一涼，搞不好這個小疙瘩，也是……一時之間我汗毛直豎，我驚覺到該不會吧？那個人的溫柔、沒自信，不就是從長出小疙瘩那時候開始嗎？就在那時候，我第一次感到荒謬可笑，對那個人而言，我並不是第一個女人。強烈地意識到這點，頓時坐立難安。我被騙了！這是結婚詐欺。腦中突然浮現如此過分的字眼。好想追出去，痛打他一頓。

我眞是個笨蛋。雖然一開始就知道這個事實，卻遲至現在才發現那個人不是第一次，令人難以承受的痛苦悔恨，也已經來不及挽救了。在我之前的那個女人突然色彩鮮明地襲上心頭，這眞的是第一次，我對那個女人開始產生恐懼、憎恨，在此之前我從未想過那女人的事，對於自己竟然可以忍氣吞聲，遺憾得連眼淚都要飆出來。覺得好痛苦，這或許就是所謂的嫉妒吧？如果眞是這樣，嫉妒這東西就是無可救藥的狂亂，也只限於肉體的狂亂。一點都不美麗，簡直醜怪到了極點。在這世上，還有我所不知道的討厭的地獄吧？我不想再活下去了。

自覺悲慘地慌忙解開膝上的風呂敷[2]，取出一本小說，隨意亂翻，接著從翻開的那頁開始看。書名是《包法利夫人》[3]。艾瑪痛苦的一生總是給我很大的安慰。像艾瑪這樣的墮落之路，我覺得是最符合女人、最自然的方式。就像水往低處流、身體會衰老一樣的理所當然。女人天性就是如此，有著不可告人的祕密。因爲，那是女人「與生俱來」的能力。每個女人一定會守著一個泥沼。這是再清楚也不過了。因爲，對女人來說，每一天都是她生命的全部。這和男人不同，她不會去考慮死後的事，也不會去思索，只願意完成每一刻的美麗，耽溺於生活的感觸。女人會喜愛茶碗、收藏漂亮花紋的和服，是因爲這些才是作爲一個女人眞正的存在價值。每一刻行動，都是爲了活在當

2 日本傳統上用來包裹物品的正方形布巾。
3 法國作家福樓拜長篇代表作品，書中女主角艾瑪在成為包法利夫人後，因不斷的出軌走上自我毀滅的道路。

下。除此以外，夫復何求？高深的現實，完全壓抑了女人的悖德與超然，如果能夠讓女人坦率地用自己的身體來表現這些渴望，不知道該有多麼輕鬆愉快，但對於女人內心裡這個深不可測的「惡魔」，誰也不願碰觸，都裝作沒看到，所以才會發生許許多多的悲劇。或許，唯有高深的現實才能眞正拯救我們脫離苦海。

女人心，海底針。有的結婚隔天就若無其事想著其他男人。人心叵測，切不可掉以輕心。男女有別七歲就決定了，老祖宗的訓示突然以可怕的眞實感撞擊我的胸口，這才恍然驚覺。日本所謂的倫理，竟是如此強而有力的寫實，我震驚到幾乎要昏過去。原來大家早就明白這一切。自古以來，泥沼早已明確地存在，這麼一想，心裡就覺得舒坦，感到如釋重負，即使全身遍布這麼醜陋的小疙瘩，我還是一個有魅力的歐巴桑。

我懷抱這份餘裕，打從心底升起一種想要憐憫自己的微笑心情，再次翻開書本繼續閱讀。現在是魯道夫輕輕愛撫著艾瑪的身體，呢喃說著甜言蜜語，我一邊讀一邊浮現全然不同的奇妙想法，害我不禁笑了出來。要是這時候艾瑪長出小疙瘩，故事會變成怎樣？冒出如此奇怪的幻想，不，這是個很重要的想法喔！我開始認眞想下去。艾瑪必定會拒絕魯道夫的誘惑。然後，艾瑪的命運會完全改變。沒錯。她一定會徹頭徹尾拒絕。因爲除此之外，別無他法。如此一來，故事就不會是喜劇收場。因爲女人的命運取決於當時的髮型、和服花色、睡姿以及一些細微的身體狀況，所以說還發生過保姆在想睡覺的時候，憤而掐死背後吵鬧孩子的事件。尤其像是這種小疙瘩，我不知道它會如何逆轉女人的命運，改寫整部羅曼史。

若是在結婚典禮前一晚，出乎意料地長出這樣的小疙瘩，還來不及反應就蔓延到胸部及四肢，該怎麼辦？我覺得這種事有可能會發生。光是小疙瘩，眞的是難以預防，一切僅能聽天由命。感覺這是上天的惡意。

滿心雀躍地在橫濱碼頭，迎接五年不見的丈夫回來，忐忑不安地等待著，就在這時候，臉上重要部位竟然浮現出紫色的腫囊，用手指觸碰之間，這名愉快的年輕夫人已經化成讓人不會想看上第二眼的岩石。也是會有這樣的悲劇。男人可能對此並不以爲意，但女人卻是天生靠肌膚在生活。加以否定的女人絕對是說謊。我雖然沒有很了解福樓拜，感覺上他是個心思縝密的務實派。當魯道夫要親吻艾瑪的肩膀時，（別這樣，衣服會皺！）艾瑪表示拒絕。既然有如此觀察入微的細膩描寫，爲何沒有人書寫女性面臨皮膚病的痛苦呢？對於男人而言或許是非常難以理解的痛苦吧！還是說，福樓拜這個人其實早已看透，但考量到這個太不衛生，一點都不浪漫，所以裝作不知道敬而遠之吧。不過，說到敬而遠之，我愈想愈覺得太奸詐，太奸詐了！結婚的前一晚，或是與五年不見思念的人重逢之際，沒想到竟冒出醜怪的小疙瘩來搗亂，如果是我，我寧願去死，或離家出走、自甘墮落。因爲女人即使是一瞬間也是靠著美麗的愉悅活著。不管明天會如何？

當門輕輕地打開，那個人露出栗鼠般的小臉，用眼神問我：還沒輪到妳嗎？

我粗魯地輕輕揮一揮手。

「喂！」因爲聽見自己粗俗尖銳的聲音，出於本能地縮起肩膀，盡可能壓低聲音說：「喂！想到明天變成怎樣也無所謂，不覺得這樣的我很有女人味嗎？」

「妳在說什麼？」看到他不知所措的樣子，我不禁笑了。

「我表達能力很差，聽不懂是嗎？沒關係喔，我坐在像這樣的地方，總覺得人似乎變得很奇怪。好像不應該再活在這樣的深淵之中，我很脆弱，很容易被周遭的空氣所影響、習以爲常。我已變得粗野，我的心漸漸貧乏、墮落，就像是……算了……」說到一半，我突然不想再說下去。其實我想說的是「娼婦」，這是女人永遠無法說出口的話，女人一生當中必然經歷一次因爲思索這字眼而產生的煩惱。在失去自信的時候，鐵定會想到它。我模糊地意識到，長出這樣的小疙瘩之後，我的心已變成鬼了。截至目前爲止，我一直說自己是醜女、醜女，來僞裝完全沒自信的狀態，然而，其實我只把自己皮膚的狀態看作是唯一的驕傲，細心地呵護它。

以上如你所見的，我自負的謙虛、謹愼、順從，意外地都是些不中用的贗品。我察覺到自己是個單憑知覺、感觸而一喜一憂，如同盲人般活著的可憐女人，不管知覺、感觸有多麼敏銳，那只不過是生物本能，根本和睿智扯不上關係。我清楚地明白自己只是個愚鈍的白痴。

其實，一直以來是我錯了。將自己的知覺想成是多麼崇高無可取代，誤以為是聰明，悄悄地寵愛自己。結果，只是個愚昧無知的笨女人。

「我想了很多很多。我其實是笨蛋。我是徹底地瘋了。」

「別逼自己，我明白妳說的。」那個人好像眞的了解我，露出會意的笑容回答。

「喂，輪到我們了。」

護士招呼我們，進入診療室，解開腰帶，露出肌膚，瞥見自己的乳房，我看到了石榴，比起坐在我面前的醫生，站在後面觀看的護士，更讓我痛苦萬分。醫生是不會有人的感覺。我也記不清楚他的臉。醫生也不把我當人看待，只是摸摸這裡，又摸摸那裡，慢條斯理地說著：

「是食物中毒。是不是吃了什麼不對勁的東西？」

「這種病治得好嗎？」那個人替我問。

「當然可以。」

我感覺自己好像待在另一個房間，聽他們的對話。

「一個人，抽抽噎噎地哭泣很討厭，實在看不下去了。」

「很快就會好的，打支針就沒事了。」醫生說完，便站了起來。

「單純的過敏症狀嗎？」那個人又問。

「沒錯。」打完針之後，我們離開了醫院。

「手這邊已經好多了。」我伸出雙手在陽光下檢視著。

「開心了嗎？」被這麼一問，突然感到很不好意思。

等待

在省線[1]的某個小車站，我每天都會去那兒等人。等一個誰也不相識的人。

從市場買完東西走在回家的路上，我總會經過車站，坐在冰冷的長椅上，將購物的菜籃放在膝上，每天對著檢票口望眼欲穿。每當往返的電車抵達月台，就會有很多人從電車門口大量湧出，爭先恐後地來到檢票口，露出一臉憤怒的表情，出示通行證，繳交車票，然後心浮氣躁地直視出口，通過我所坐的長椅前，步出車站前的廣場，接著往各自的方向散去。我茫然地坐在那裡想著。說不定會有誰，獨自一人，笑著大聲對我說。哇喔，好可怕。啊，眞傷腦筋。我的心，怦怦跳。光是這樣想著，感覺背後像是被人潑了冷水，渾身戰慄，快要不能呼吸。

即便如此，我仍然在等待某人。我每天枯坐在此，到底在等誰呢？對方會是怎樣的人？不，也許我等的並不是人。坦白說，我討厭人。不，是害怕。與人面對，如果言不由衷地隨便寒暄些什麼「近來好嗎？」、「天氣變冷了」之類，總覺得，心情苦澀，彷彿自己是世上最大的騙子，恨不得去死。

於是，對方也會對我懷有戒心，說些無關緊要的客套話，或是陳述天花亂墜的感想，我聽到這些內容，不僅會因對方吝於付出關心而感到悲傷，自己也越發討厭這個世界。世間眾生，難道就這樣彼此漠然地寒暄，虛偽地關心，搞到彼此都心力交瘁，如此度過一生嗎？

所以說，我討厭與人見面。如果沒有特別必要，我是不會到朋友那裡去玩。我喜歡待在家裡，和母親兩人默默地做些針線活兒，這是最輕鬆愉快的事。可是，隨著大戰一觸即發，周圍的空氣變得異常緊張，只有我每天呆坐在家中好像是件相當不好的事，我莫名地感到不安，一刻也無法平靜下來。有種好想粉身碎骨地工作，對社會直接付出貢獻的心情。我對於到目前爲止的生活，已經徹底地失去自信。

與其在家中沉默地坐以待斃，倒不如到外頭瞧一瞧，可是就算我想出門透透氣，也沒有地方可以去。只好買完東西，在回家路上順道經過車站，一個人茫然地坐在冰冷的長椅上。期待著突然間有誰會出現！啊，出現的話也很傷腦筋，會有不知該如何是好的恐怖感。可是假使那個人出現了，我也束手無策，只好把自己的生命獻給那個人，而我的命運就在那個時間點結束，近乎放棄一切的覺悟和其他千奇百怪的幻想，使我胸口鬱悶，痛苦得快要窒息。

我彷彿做著一場白日夢，不知道自己是生是死？總覺得人生好虛幻。站前熙來攘往

1 四十年代日本舊鐵道省管轄的鐵路線，位於東京周邊。

的人們，像是把望遠鏡倒過來看，都變得好渺小好遙遠，世界變得安靜無聲，一片死寂。啊，我究竟在等待什麼呢？說不定我其實是個淫亂的女人。大戰開始了，總感到莫名的不安，寧願粉身碎骨工作，對社會做出貢獻根本就是謊言，說這些冠冕堂皇的話，也許是期待著大好機會從天上掉下來，能讓我實現夢想。儘管像這樣坐在這裡，露出一臉呆滯的表情，但我仍感覺到內心那個不按牌理出牌的計畫正熊熊地燃燒著。

到底我在等待誰？完全沒有具體的形象。只是一團迷霧。不過，我仍然在等待。大戰開始之後，每天，每天，我都會在買完東西的回家路上經過車站，坐在冰冷的長椅上，繼續等待。有誰，獨自一個人，笑著大聲對我說。哇喔，好可怕。啊，真傷腦筋。我等待的人，不是你。到底我在等待誰？老公，不對。戀人，不對。朋友，我討厭朋友。金錢，搞不好喔。亡靈？喔！我可沒有興趣。

是更舒適、更明朗、更美好的東西。總覺得不好理解。比方說像春天那樣。不，不對。綠葉。五月。流過麥田的清水。還是不對。啊！不過我還是會繼續等待。等待著那個能夠讓我心中感到歡欣雀躍的東西。

人們成群結隊地通過我的眼前。那個也不是，這個也不是。我抱著購物的菜籃，身體微微地顫抖，同時一心一意地等待著。請不要忘記我。請不要嘲笑我。這個每天，每天到車站去等待的二十歲傻女孩，無論如何請你牢牢記住。這個小車站的名字，就算我不告訴你，總有一天，你也一定會發現我。

輯二　虛妄的魅影

沒想到我惡作劇在稿紙上擬好的小說題目，
如今竟成了活生生的現實出現在我的眼前。

懸崖的錯覺

一

當時的我，很想成爲大作家。爲了成爲大作家，我下定決心，不管有多苦，或多大的犧牲，我都可以忍耐。我甚至認爲，當一個大作家，比起文筆的修行，人間的修行不是該擺在優先順位嗎？戀愛不用說，勾搭別人老婆，一夜花上百圓通宵玩樂，進監獄吃牢飯，然後買股票賺一千圓，又虧損上萬圓，或是殺人，我相信這些全部要一一體驗過才夠資格成爲好作家。

不過，生性膽怯害羞的我，還不曾經歷過這樣的體驗。雖然下定了決心想做，但我實在是做不到。一邊喝著十錢一杯的咖啡，一邊偷看咖啡館的少女，就連這種事，我都得拼命鼓起勇氣才敢去做。

我想見識一下這個陰慘的世界，像是渡過隅田川，前往對岸某個魔窟的時候，在抵達魔窟之前還有好幾條街，鑽進一條小巷，就已經寸步難行了。從那個世界散發出一股難聞的惡臭令人窒息。我反覆試過好幾次類似的體驗，但每次都失敗。

我絕望了。我想，我沒有成爲大作家的天賦。啊，但是，正因爲我是個內向羞怯的人，才會變成一個可怕的犯罪者。

二

在我二十歲那年的正月，從東京開了三小時的車前往某個海濱溫泉地遊玩。我家是日本橋的和服批發商，和現在不同，那時家境算是富裕，而我又是家中的獨子，以優異的成績考進一等高中念文組，花起錢來隨心所欲，比起同年紀的學生，享有更多的自由。成爲大作家我想是沒指望了。整天一直唉聲嘆氣，再這樣下去，我想我有可能會瘋掉，難得的寒假不好好利用怎麼行，於是決定去溫泉地旅行。那時候，因爲覺得外表上看起來年輕是一件可恥的事，所以我討厭穿高中制服旅行。家裡又是經營和服的，對衣服特別有眼光，款式花樣也總是挑選一流的。那天我穿上一件純黑的捻線綢，戴上獵帽，配上一支手杖出門去旅行。單從衣飾來看，還眞像個有模有樣的作家。

我前往的溫泉地，以前，尾崎紅葉[1]也在此遊歷，而這裡的海岸正是《金色夜叉》這部傑作的背景舞台。我住在當地最上等的旅館，名叫「百花樓」。聽說尾崎紅葉曾住

1 尾崎紅葉，日本小說家，創作以《金色夜叉》最享盛名，這部小說曾多次改編成電影、電視劇。因為這部小說，使熱海成為知名的觀光景點。

在這家旅館，而《金色夜叉》的親筆手稿用精美的畫框裝裱，就懸掛在結帳處醒目的牆壁上。

我被招待的客房，也是旅館中最頂級的房間，有巨幅的雀圖鋪展在地板上。像是在問候著我這身華服似的。女侍打開客房南面的紙門，和顏悅色地爲我說明。

「那個是初島。對面看得見霞光的是房總山脈。那個是伊豆山。那個是魚見崎。那個是眞鶴崎。」

「那是什麼呢？那座起霧的島？」我因爲海面刺眼的反光皺起了臉，盡可能以大人的語氣問她。

「大島。」女侍如此簡單地答覆我。

「是嗎？景色好美啊。在這裡，倒是可以靜下心好好寫小說。」說完自己也吃了一驚。因爲害羞而滿臉通紅。想著該怎麼改口。

「喔，是這樣啊？」年輕的女侍，忽然閃著大眼睛，看著我的臉。好似憂鬱的文學少女。「這麼說，阿宮和貫一[2]也能來我們旅館了。」

但是，我卻笑不出來。爲了不經意撒的謊，我煩惱到都快暈過去了。那句話，我恐怕到死也沒有勇氣更正。我恍惚地低語著。

「因為這月底是截稿日，所以會很忙。」

我的命運就在這一刻決定了。如今想來還眞是不可思議。我何苦說出那種沒必要的話呢。人啊，愈是驚慌失措，愈容易口不擇言。不，不光是如此。我在那時，對作家懷抱多大的憧憬，那種無法計算的渴念，不正是解開這個疑問重要的關鍵嗎？

啊，當時隨口說出的一句話，竟會使我犯了罪。而且是想來會讓人頭皮發麻的殺人罪。並且是一宗至今還未有人發現的殺人罪。

我在那個夜裡，在掌櫃拿來的住宿登記簿上，用了一個新銳作家的名字作登記。年齡，二十八歲；職業，寫作。

三

無所事事地過了兩、三天，我的心總算定了下來。只不過使用了化名，何罪之有？即便萬一露了餡被人拆穿，也只是當作笑話眾人笑笑罷了。人在年輕時，肯定都

2 阿宮和貫一是《金色夜叉》中登場的主角。

做過一、兩件瘋狂的事。這麼一想，我就放心了。但是，我的良心時不時跳出來跟我唱反調。像你這樣沒天賦的青年，想當大作家沒指望了，就無聊地假冒新銳作家的名字，當作是消遣安慰自己，確實很悲哀，豈不是太悲慘嗎？一想到此，我就感到心神不寧，坐立難安。

不過，這羞愧之感也會隨著時間淡去，來到這溫泉地，大約一週左右，我已經不折不扣成了悠閒的泡湯客。而我身為「新銳作家」所受到的待遇還真是不壞。來到我客房的女侍，大多會畢恭畢敬地詢問我「寫作還順利嗎？」面對她們，我只會報以優雅的微笑。早晨，我去湯屋泡澡的途中，遇到女侍都會對我打招呼「先生，您早！」我竟然被尊稱「先生」，這種禮遇，無論之前之後，都是絕無僅有的。

身為作家的榮光，得來全不費工夫，對我來說實在出乎意料。就連「窮則變，變則通」這句俗諺，我也是一邊苦笑一邊咕噥說著。看來已經沒有人懷疑我是個新銳作家。有時候，甚至連自己也不會感到懷疑。

我在客房的書桌上攤開稿紙，寫上大大的題目「初戀記」，接著在下方署名，某個新銳作家的名字——現在它是我的名字，然後寫了兩、三行句子又塗塗改改，讓人看出我苦心寫作的痕跡，我還特地放在書桌上，那些女侍們容易看見的地方，之後若有所思地皺著眉，獨自外出散步，假裝找尋靈感。

如此裝模作樣，也讓我過了兩、三天快樂無比的日子。夜裡，入睡之後，我還是有點擔憂。假使我冒充的本尊，也恰巧來到這百花樓……想到這個就背脊發寒。到那個節骨眼，我打算先發制人，對外宣稱那傢伙是冒牌貨。逐漸地，我的膽子愈來愈大。夾雜著不安和戰慄，伴隨著像是刺上心頭的狂喜，我興奮到睡不著覺。成了新銳作家之後，一草一木在我眼中都有了新的意義。我揮舞著手杖在海邊盡情地散步，海也好，雲也好，船也好，在我心中鮮明地躍動著，從外表看上去，就像是有怪癖的天才作家，這令我狂喜不已。回到旅館，我伏在案上，對著稿紙亂寫一通，我不禁想著，應該把我寫的文字一篇篇收在合適的畫框裡，讓它們看起來就像是不朽名作。在這種充斥著扭曲的狂想，漫不經心地過著歡喜的日子裡，我遭遇到了前所未有不曾體驗過的大事件。

四

我談戀愛了。而且是遲來的初戀。沒想到我惡作劇在稿紙上擬好的小說題目，如今竟成了活生生的現實出現在我的眼前。那一天，我把稿紙弄髒了，時間是上午，然後，我一臉煩躁地走出旅館。到赤根公園暫時閒晃一下，之後到街上吃午餐。我進入一家名為「溫泉」的喫茶店，我現在的身分是出版社力捧的新銳作家，不能像從前那樣一副戰戰兢兢的模樣。坦白講，對我來說，離開僅有十天的東京生活，卻宛如十年、二十年前的往事一般，感覺好遙遠，我已不再是從前那個啥也不懂的臭小孩。

「溫泉」這間喫茶店，有兩位少女。其中一位似乎以前在旅館工作過，梳著大大的日式髮髻，臉頰紅通通的，我對這名少女一點興致也沒有。可是，另一位少女，自從見到她，我感覺體內有個部分忽然間凍僵了。如今想來，也不覺得有什麼奇怪。年輕的時候，每個人多多少少都有這樣的經驗吧。走在路上，遇見一個擦肩而過的少女，不覺驚呼一聲，總覺得對方不是陌生人，而是前世，兩人曾有過相守一生的誓約，不知何年何月，在此狹路相逢，這是命中註定的因緣。那也許可以稱之為「青春的靈感」，是神明所賦予的啓示。當我推開那間「溫泉」喫茶店的大門，一眼就瞥見那位少女，坐在微暗的吧台裡面的身影。我隨即被「青春的靈感」擊中了。儘管如此，我依然擺出一副新銳作家的架子，矜持地坐在靠門邊的座椅上，但膝蓋卻傳來不住顫抖的聲音，等到我的眼睛，稍稍適應了周圍的黑暗，那位少女的身姿也漸次清晰。她的頭髮剪得很短，臉頰光滑柔細。

「想點什麼呢？」好清純的聲音啊，我心想。

「來杯威士忌。」換作別的客人，我想也會這麼回答。

但是，除了我之外，店裡並沒有其他的客人。那時候，我嚇了一跳。感覺自己快要瘋掉。我呆滯的雙眼怯生生地朝四周張望。可是，我看見盛著威士忌的酒杯經由梳著日式髮髻少女的手，朝我的桌子端過來。

我覺得很困惑。因爲至今爲止我還未喝過威士忌之類的烈酒。我長嘆一聲，瞄一眼吧台後方的少女，短髮的少女，像花一般地綻開笑顏。我像是禿鷹伸出爪子，抓住了杯子。喝了它。啊，當時喝下那杯苦酒的甘美，如今我依然忘不掉。幾乎是一飲而盡。

「再來一杯。」

簡直就像成人一樣大膽，我將杯子推向吧台後方的少女。梳著日式髮髻的少女，撥開盆栽的枯枝，朝我的桌子靠近。

「別過來，我可不是爲了妳喝酒的喔。」我像是在驅趕什麼似的揮舞著左手。我想新銳作家嘛，保有像這樣的潔癖也是理所當然。

「喲！瞧您這口氣。」曾做過旅館女侍的那位少女，口氣俗不可耐地叫著，在我身旁的椅子坐下。

「哈哈哈哈！」

我怪異地放聲大笑。醉心的微妙體驗，就是從那次開始。

五

才飲下一杯威士忌，就已經讓我醉得不成人形，至今仍爲此感到羞愧。那天我一直笑個不停。就這樣大笑步出了「溫泉」，回到了旅館。等待酒的後勁慢慢退去，我逐漸恢復意識，對於自己剛才的失態既羞愧又悔恨，傻氣、荒唐怎麼形容都可以，最好是通通忘光光。我將身體沉入浴池，把裡面的水潑得嘩啦作響，泡完澡之後，回到了客房，躺在榻榻米上翻來覆去。還是覺得心裡很難受。當著年輕女孩面前，近乎白痴似的無禮撒野，這對當時的我來說，無疑是致命傷。

怎麼辦？怎麼辦？我絞盡腦汁，終於讓我想到了一個好點子。《初戀記》——那部假冒某新銳作家之名，只寫了兩、三行的小說——現在我要開始認眞寫下去。那天晚上，我拼了命地寫，寫到渾然忘我的境界。有個不幸的男人，他浪跡天涯，來到一處夢幻般的農家庭院，邂逅了一位這世上絕無僅有的美少女……故事就這樣展開了。而且，那個男人的氣度非凡，是個英雄般的人物。我潛意識裡，藉由寫小說這件事來慰藉自己在喫茶店遭遇的大挫敗。我很努力地壓抑著，白天在「溫泉」見到那位女孩時所萌生的熱情，將對方轉換成農家少女，將自己也投射在故事中，成就一個美妙的故事。就算是我冒名的那位新銳作家，想必也寫不出如此浪漫精采的小說，這點至今我仍深信不疑。

夜色將盡，天漸漸地亮了，我已將這對金童玉女的結婚場景寫完了。我懷抱著奇妙的興奮心情，鑽入冷冷的被窩呼呼大睡。醒來睜開眼睛，已經是下午，烈日高空，聽得見有幾隻風箏在空中飛掠的咻咻聲，我驀地起身下床，將前一個晚上寫好的稿子重讀一遍。果然是了不起的傑作！覺得現在就能馬上寄給某家知名雜誌發表，我想那位被我冒名的新銳作家肯定會因為這部作品文運亨通，迅速竄紅。

對我來說，已經沒什麼好恐懼的。我就是那星光閃耀的新銳作家。自信源源不絕地提升，感覺整個身體快要爆開了。

那天傍晚，我再次前往「溫泉」造訪。

六

剛推開「溫泉」的大門，就聽到少女們哇啦啦地笑成一團。我的心似小鹿亂撞，莫名的興奮不安，閃過我眼前的身影正是昨天那個短髮的少女，少女的眼睛骨碌一轉正眼對著我說：

「歡迎光臨！」

從她的眼神中感覺不出一絲一毫的輕慢。我總算放心了。看來昨日我的酒後失態也沒有造成無可彌補的大挫敗。不，別說是挫敗，搞不好反而給女孩們留下了男子漢的印象也不一定。我又開始自鳴得意了，好不容易鬆了一口氣，我大搖大擺地坐在就近的椅子上。

「我今天謝絕陪酒喔。」

頭頂著日本髮髻的少女一聽，立刻發出低級的笑聲說著：「好的。」

短髮的少女用長長的袖子在日本髮髻少女身上拍了一下，並模仿她的腔調說：「讓我來服侍您，好嗎？我，不行嗎？」

「妳們兩位一起就可以。」

酒還沒沾唇，先被嬌嫩的聲音給灌醉了。

「喲！好貪心喔。」短髮嬌嗔地看了我一眼。

「不，我是佛心來著的。」

「眞是個好人。」日本髮髻大表欽佩。

她說的我完全同意，接著我點了一杯威士忌。

我很清楚自己飲酒方面的能耐。一杯喝下去就茫了，兩杯喝下去醉上加醉，第三杯喝下去，心情非常愉快，確實壞心情一掃而空。短髮少女，今晚只陪在我身邊，更沒有理由不開心，在我命運多舛的人生當中，像此刻這般美妙的體驗也僅有這麼一次。然而，我和少女之間沒有太多的交談。不，根本沒說到話。

「妳的名字叫什麼？」

「我，雪。」

「雪，好名字。」

接著，我們又沉默了三十分鐘，啊，雖是沉默不語，少女卻未曾離開我，始終陪在身旁。她沉默中的眸光似在述說著內心的喜悅。——我昨夜寫的《初戀記》裡邊也有很多類似的描寫，隨著天色漸漸暗下來，陸陸續續出現夜晚的客人，雪，依然沒有從我身邊離開。我對其他客人有些敵意，話也開始變多了，場子熱熱鬧鬧的氣氛讓我感到似乎有些坐立不安。

「妳，對我昨天的……那個，妳……覺得我很蠢對吧？」

「不會耶。」雪雙手托腮微笑著說。

「我覺得你很風趣。」

「風趣？是嗎？喂，再給我一杯威士忌，妳要喝嗎？」

「我不能喝了。」

「喝吧，妳可以的。我啊，今天很開心，喝吧！」

「好吧，就喝一點點喔。」

雪說著，走到吧台前，往兩只杯子注入威士忌後，再把酒杯端過來。

「來，乾杯，喝吧！」

雪閉上雙眼，舉起酒杯一飲而盡。

「了不起。」我也不甘示弱，一口喝完它。

「我啊，今天真的非常開心。小說寫完了。」

「什麼！你是小說家？」

「糟糕，被妳發現了。」

「你好棒喔。」

雪好像有點醉了，迷離的雙眼瞇起來細細的，眞是好看。她接著說了最近來過溫泉地幾位作家的名字。啊！其中居然還有「我」的名字。眞不敢相信自己的耳朵。感覺帶著酒意的腦袋突然間清醒了。貨眞價實的那位本尊，他來過這條街？這也太不可思議了吧！

「妳認識他？」

直到現在，還是很佩服我自己，我在那麼尷尬的情境下，居然還能如此保持鎮定。印證了再怎樣膽小怯懦的人，似乎也只能像勇士那樣擎起盾牌。

「不，沒見過。可是，現在，那位先生，聽說在百花樓，是你的朋友？」

我這下子安心了。那麼，她說的那個人正是我。用膝蓋想也知道，百花樓怎麼可能會出現同名同姓的兩個作家。

「妳怎麼知道他在百花樓的消息？」

「那個，我知道啊。小說我也挺喜歡的。比較會留意這方面消息。是從旅館的女侍那兒聽說的。怎麼說呢，鎮上就這麼小，當然會知道啊。」

「妳喜歡那個人的小說啊？」

我故意把話說得似有深意，一邊冷笑著。

「好喜歡，那個人寫的小說《花物語》……」話說到一半，突然打住。

「啊！就是你。唉喲，該怎麼說呢……在照片上見過你。我認得你！」

做夢也想不到。我這張臉，竟然會酷似那個新銳作家！現在不是遲疑的時候了，我不能放過機會，應該要趁勝追擊。於是我放聲大笑。

「哎呀，你這人眞壞。」少女因醉酒泛紅的臉頰更加羞紅了。

「我也眞傻，其實第一眼見到你，應該馬上認出來的，可是，你比照片上看起來更年輕，長得眞俊美，你是美男子唷，你好帥。昨天打從你一進門，我就……」

「夠了，夠了，我不想聽那些恭維話。」

「唉喲，我說的，是眞的嘛。」

「妳喝醉了呢。」

「嗯，是醉了呀。可我還想再喝。好想更醉、更醉一點。小圭——」

她叫了一聲日本髮髻少女的名字，她正在跟其他的客人調笑。

「給我兩杯威士忌。今晚我要喝醉，因爲我好開心。嗯，是眞的想醉、醉死算了。」

七

那個深夜，我幾乎像是抱著爛醉如泥的雪，步履蹣跚走出了「溫泉」。而雪，硬是堅持要把我送回住處。結了一層霜的路面，感覺靜極了，彷彿全世界只剩下寂靜本身。我認爲不受任何人注目反而是幸福的。走到外面，冷風迎面襲來，我的醉意馬上醒過來。不，不單單是因爲風的關係，也是因爲醉倒在懷中的女孩身體，手臂上有她沉靜的重量，就好像一尾新鮮活跳的魚，年輕的肉體緊緊依偎著，我連醉的權利都沒有。洋溢在幸福中的我們走在空無一人的街道上，一直走到百花樓的門口。木製的大門被牢牢地鎖上。我一下子愣住了。

「喂，眞傷腦筋。門被鎖住了。」

「試著敲敲門吧。」

雪從我的臂彎滑了出去，身體搖搖晃晃地走近門邊。

「算了，算了。這樣很丟臉的。」

三更半夜的，帶著醉酒的女子砰砰地敲門，要是街坊鄰居傳出去，我這個新銳作家的名聲豈不毀於一旦？我寧願死也絕不會幹那種下流的事。

「喂，妳還是回去吧。妳就住在溫泉對吧？這次換我送妳一程。回去吧。明天我們再一起玩。」

「我不要！」雪使勁地扭動身體。

「不要！不要！」

「眞傷腦筋。總不能露宿在街頭吧？這樣很困擾耶。返回旅館也很羞恥。」

「啊，有辦法了。跟我來。」

啪的一聲，她雙手一拍，邊說邊抓起我的衣袖，像拖著我似的快步往前走。

「什麼啊，怎麼了嗎？」

儘管腳步有些踉蹌，我還是緊緊跟在雪的後頭快步行走。

「辦法是有，不過說出來怪難爲情的。就是啊，在百花樓嘛，你也知道有時候客人會帶女人進去，討厭啦，不准笑。」

「好，我不會笑妳的。」

「可以從別的入口喔。嗯，這是祕密。從浴場那邊進去，話先說在前面，我可是連旅館裡邊什麼情形也不是很清楚喏。不過，我只是聽人家說。不知道是不是眞的。不曉得耶，你覺得我是個下流的女人嗎？」她突然話鋒一轉，用異樣的嚴肅口吻問我。

「這個嘛，我不知道。」

我不懷好意地回答，發出一陣冷笑。

「嗯，我是下流女人，是下流女人啦。」

雪壓低聲音喃喃自語著，忽然站起身哭出來。

「可是我，我，可是，我只有一次，嗯，只有兩次喔。」

我什麼話也沒說緊緊地擁抱著雪。

八

我攙扶著還在抽泣的雪，悄悄地從祕密入口，進入我住的那間客房。

「小聲點，如果讓別人聽見那可不妙。」

我讓雪坐下來，一邊勸她，這時候，她已毫無醉意。

雪哭腫了眼睛，似乎嫌電燈泡太刺眼，下意識用手去遮擋強光，過會兒放下手，很快地又用雙手遮住了臉。從凍紅的手背後傳來喃喃低語。

「你會看不起我嗎？」

「不會！」我鄭重其事地回答。

「我尊敬妳，妳就像我的女神。」

「你騙人。」

「是眞的。我想要的就是妳這樣的女人，小說裡也這麼寫的。我昨晚寫了名爲《初戀記》的小說，就是以妳爲範本。我心中的理想女人，妳要不要讀讀看？」

我拿起攤在矮桌上的手稿，啪一聲扔給了雪。

雪放下遮臉的手，把手稿攤開放在自己的膝蓋上。稿紙上斗大的字體寫著一個不是我的男人名字。不，眞的是我的名字。雪輕嘆了一口氣，安靜地讀了起來。我在桌邊坐下，悄悄地用單手托住腮，望著我的讀者那惹人憐愛的側臉。啊，看著自己的作品在眼前被貪婪饑渴地讀著，這是何等刺激的狂喜！

雪只看了兩、三頁，似乎若有所思，一把推開膝上的手稿，掃到地板上。

「不行，我讀不下去。好像宿醉的暈眩感還未退去。」

我感到大失所望。就算再怎麼醉，只要讀了第一行，醉意也會立刻消散，血脈賁張如痴如狂地讀到最後一行才罷休，這才稱得上是眞正的傑作。不過就是兩、三杯威士忌喝下肚，怎麼這一點點醉意，就把我的稿子從膝上推開！

我覺得好想哭。

「妳不喜歡嗎？」

「不，是覺得有點難過，我沒有你寫的那麼美啊。」

我再次獲得勇氣。沒錯，一篇好的傑作也會有這樣的特質。寫得太好以至於讀不下去。這篇大概就是這樣。於是我放心了，我對雪的情感也比之前更強烈、更寬廣。戀若是摻入了憐憫之情，那感情似乎會變得更廣闊更崇高。

「不，沒這回事。妳長得很美。正所謂相由心生，臉蛋長很美，心靈自然美，心靈美的必定是美人。女子美容術的第一課，就是心靈的鍛鍊。我是這麼認爲的。」

「可是，我已經不純潔了。」

「妳還不明白嗎？所以說。我不是說了嗎？身體不是問題。重點是心！是心！」

我愈是這樣說著，心裡愈是感到莫名的亢奮。隨即從雪的身旁搶過手稿，像發神經似的劈里啪啦撕碎了它。

「別這樣！」

「不，沒關係。我只是想讓妳有信心才會這麼做的。這是傑作。一部不爲人知的傑作。然而，爲了拯救作爲一個人的自信，即便是再厲害的傑作我也樂於扔進火中將它付之一炬。這才是眞正的傑作。就是我爲了妳所寫的這部小說。可是當我看見它並沒有拯救妳反而讓妳感到痛苦，我除了撕毀它以外沒有別的辦法。如果把作品撕毀掉，可以換來妳的自信，我寧可這樣做，我就是想救妳。」

我一邊激動地說著，一邊撕得愈起勁。

「你別這樣！我明白了嘛。」雪放聲大哭。邊哭邊叫著——

「我，好想睡。你知道嗎？讓我睡在這裡。我會聽話的。我，好想睡。可以吧？可以吧？」

九

如此善良的雪，我怎會狠心殺死她！啊，我一句話也無法辯解。一切的一切，都是我的罪過！愛慕虛榮的我，爲了虛榮甚至到了必須殺人的地步。光是將自己過去鑄下的大錯，虛情假意地寫成小說來悔過是不夠的，意味著我仍舊是個厚顏無恥的混蛋傢伙。以下，我用祈禱的心情，懺悔的心，試著將一切過程鉅細靡遺地描述出來，讓你能明白整件事情發生的經過，請容許我把這故事說完。

我之所以會殺死雪，完全是出於虛榮心作祟。那一夜，我們聊得很愉快，彼此訂下婚約。我們交換著甜言蜜語，傾訴內心的祕密，幸福的程度絕不亞於我那不爲人知的《初戀記》的美滿結局。之前從未想過，我會愛上一個女孩到了非結婚不可的地步。

隔天清晨，我和雪兩人跟昨天一樣，悄悄地穿過浴場後方的小門走到外面去。爲何我們會一起出門呢？因爲對年輕的我來說，讓一個女孩陪了你整夜直到天明，卻放她一個人回家實在過意不去，也是不可饒恕的無禮行爲。黎明的街道上，一個行人也沒有，我們聊著關於未來各種幸福的話題，內心雀躍不已。好想像這樣和她永遠地走下去。雪說要帶我去旅館的後山散步，我也開心地答應了。

跟隨她的腳步，沿著崎嶇的山路一步步攀登上去。邊走邊聊起某個話題，雪突然對著我大聲叫出那位新銳作家的名字。猶如一記重擊打在我的胸口。我忽然意識到雪所愛的男人並不是我，而是那位新銳作家。感覺眼前的幸福正發出嘎啦嘎啦的聲音，在我內心深處徹底崩毀了。假使當時我把一切誠實說出來向她告白該有多好，至少不會狠心把雪殺死亦未可知。但是，我根本辦不到。那種丟盡顏面的事，寧死我也不願意做。這時候，我一邊走著，一邊清楚意識到自己臉色發青，冷汗直流。

就連雪也沒有對我無精打采的樣子產生懷疑。

「你是怎麼辦到的？我曉得了。你開始厭煩對不對？你在《花物語》小說中曾寫過這樣的句子呢。第一眼就愛死了，第二眼連看都不想看，只覺得厭煩，那種激情才算是眞正高雅的激情呢。好喜歡你寫的句子。」

「不，那沒什麼好提的。」

我必須把那個新銳作家的角色徹底扮演好，反正總會明白，我不過是個不折不扣的冒牌貨。啊，就在這時候！

我盡可能地裝作很平靜，聽著雪興高采烈地說下去。她的心情已經調整好了。我們一同來到了山頂上。再向前走幾步，腳下即是百丈高的懸崖。早晨的濃霧遮蔽了底下波濤洶湧深不可測的海洋。

「景色很美吧？」

雪開朗地微笑著，並深深地吸進一口氣。

就在此時，我把雪推下懸崖。

「啊！」她微微張開嘴，像嬰兒似的要哭的模樣，想回身看我一眼。就這樣悄無聲息地墜落了。是頭上腳下地垂直墜落。衣服的下襬在瞬間飛揚起來。

「你剛看見了什麼？」

我不慌不忙轉身一看，一名樵夫悄無聲息地站在那裡。

「女人，我看見了一個女人。」

年邁的老樵夫，滿臉狐疑來到了懸崖邊，好奇地朝下張望。

「啊呀！是眞的！有個女的被浪捲走了，是眞的！」

打從那刻起，我整個人處於放心狀態。

假設，那個樵夫說，其實是你把她推下去吧，我一定會回答是的。但是，就算他現在才搞懂怎麼回事，那個樵夫當時對我卻沒有絲毫的懷疑。那座懸崖高達百丈，它的高度給人帶來了錯覺。換個方式想，一個剛殺了人的男子，怎麼可能在距離命案現場這麼遠的地方出現呢？我悠哉地在山上散步，或許這行爲本身正是我的不在場證明也說不定。如此荒謬的錯覺似乎被當成了事實。樵夫拋下了我，和他的樵夫同伴們到處爭相走告。從案發當時算起，雪的遺體從海裡打撈上岸整整花了超過三小時。走到懸崖下方的海岸邊，也要耗費不少的時間。而我茫然地獨自一人下山。

啊啊，總算鬆了口氣，放下心中的大石塊！不管怎樣，事情到此已經完全結束。我不會再受到任何恥辱。幸好雪昨晚在我這裡住一晚的事無人知曉，如今我只是清晨出來散散步，正走在回旅館的路上。「溫泉」那邊除了雪以外，沒有人知道我使用的假名，也沒有人知道我住在何處。就這樣神不知鬼不覺地返回東京吧。回到東京以後，這件事絕口不向任何人提起。啊啊，還好我沒有用自己的本名登記住宿，假冒別人的名字，意外在這時候派上了用場。

十

一切很順利地進行。我故意延遲出發的時間，悄悄窺探鎮上的動靜。事發之後，大家口徑一致地猜測，雪是在喝醉之後，獨自去海邊散步，走到某處的岩石，不小心一腳踩空……整個過程大致如此，就好像雪即便是墜落深海也不會受傷似的。把客人送回住處，據說是雪喝醉之後的一個怪癖，不管是誰她都會送對方回家。「那麼水性楊花，可不行哪……」旅館的人有一搭沒一搭地聊著。「聽說那位客人，還是從東京來的……」看來，此地不宜久留了。我慢慢地冷靜下來，決定再住一個晚上，然後就回東京了。

一切都很順利。一切都要感謝那個懸崖。因爲那個懸崖實在太高了。假使，只有十丈那麼高，或許就不會發生那樣的事。可是，樵夫和我看見的雪，其實只是一團模糊的紅色衣物。就在一瞬間，她的身體分離，穿過雲霧離去，這沒什麼難以理解的地方，只不過樵夫沒想通罷了。

從那之後，經過了五年。我依然平安無事。然而，啊，雖然可以躲過法律的制裁，但我的心卻無法平靜，對雪的思念也日益加深，痛苦難耐，到底是造了什麼孽啊？我冒名頂替了十天的那位新銳作家，如今啊，果然文運亨通，人氣愈來愈旺，已經是個立於不敗之地的大作家。而我呢——像殺人這麼了不起的事都經歷過的我，還自以爲夠資格成爲一個大作家，如今卻連一部稱得上是傑作的作品也拿不出來，只能沉浸在我所殺害的少女難以抹滅的追憶中，苟延殘喘度過餘生。

鏗鏗鏘鏘

拜啓。

有一事想請教您，我為此困擾已久。

我今年二十六歲。出生於青森市的寺町。您大概不曉得吧，在寺町的清華寺的隔壁，曾有一間名為 TOMOYA 的小花店。身為店家次男的我，就是在那兒出生的。從青森的中學畢業後，接著成為橫濱某間軍需工廠的事務員，在那裡幹了三年後，又過著四年的軍隊生活，宣布無條件投降的同時，回到我出生的故鄉，老家已經燒掉了，父親和兄嫂三人，在燒毀的廢墟原址上搭建了一間簡陋小屋生活至今。而母親，早在我念中學四年級時就已經離開人世。

這麼一來，我要是再擠進那間廢址上的小屋與父親、兄嫂同住，對他們來說也頗為難，在與父親和兄長討論之後，我決定去距離青森市大約二里遠，位於海邊部落的三等郵局A支局工作。這間郵局，是已逝母親娘家的產業，局長正是母親的哥哥，按理說我應該叫他舅舅。不知不覺間，我在這工作已經一年多了，日復一日，我覺得自己逐漸變成一個乏善可陳的人，實在苦惱不已。

我是在橫濱的軍需工廠擔任事務員的時候，開始讀您的小說。自從在《文体》雜誌上讀到您的短篇小說後，我就會去找您的作品來看，不知不覺養成了這樣的習慣，讀了許多您的作品，才知道您是我中學的學長，進一步得知您在中學時代曾經在青森寺町的豐田家寄住過。舊時的回憶不禁在我內心翻騰起來。如果是開和服店的豐田先生的話，和我們家住在同一個街區，我可是相當熟悉呢。前一代的太左衛門老先生，身材很胖，與太左衛門（江戶時代著名的相撲力士）這個名字很相稱，而當代的太左衛門先生，人雖瘦卻精神奕奕，讓人不由得想叫他羽左衛門（大正時代到戰前昭和時代著名的歌舞伎表演家）。不過，他們都是很好的人。豐田先生的家在這次空襲的時候全燒光，連倉庫也被燒掉了。眞是不幸。當我得知您曾在豐田家住過，更讓我想委託當代的太左衛門先生寫一封介紹信給您，然後登門拜訪您，但我終究是個膽小之人，只會空想，而不敢眞正付諸行動。

那段期間，我進入軍隊服役，被派駐千葉縣參與海防工事，直到戰爭結束之前，每天的工作就是不停地挖掘壕坑，即便如此，只要有半天的休假，我就會去街上找您的作品來讀。好幾次想寫信給您，提起筆來，只寫了「拜啓」二字，接下來就不知道如何接續下去，一來沒什麼事好說，二來對您而言，我只是個素不相識的陌生人，所以也只能提起筆來獨自困惑罷了。終於，日本宣布無條件投降，我也返回了故鄉，在A郵局工作，最近我去了青森，在青森的書店東瞧西瞧，想找您的作品，從您的作品中得知您也因爲受災而回到出生的故鄉金木町[1]，我的心再次翻騰起洶湧波潮。然而，我突然失去了前往拜訪您的勇氣，我考慮過很多，最後，決定寫這封信給您。這次我沒有在寫完「拜啓」之後卡住，因爲我確實有事想說，是十萬火急的事。

有一事想請教您，我眞的爲此苦惱了好久，希望能獲得解答。而且，我感覺到這不光是我一個人的問題，其他人也有類似的苦惱。請爲我們指點迷津吧！不管在橫濱的工廠，或是在軍隊中，我總想著要寫封信給您，卻怎麼也沒想到，給您的第一封信會是這樣一絲喜悅也沒有的內容。

昭和二十年八月十五日正午時分，我們集結在軍隊宿舍前的廣場整隊，收聽據說是天皇陛下的玉音廣播[2]，實際上是除了雜音之外什麼也聽不見的廣播。之後，有一名年輕的中尉步履鏗然地登上了講台。

「聽見了嗎？明白了嗎？日本接受《波茨坦宣言》，已經投降了。但那是政治上的事，我們身爲軍人，無論如何仍要持續抗戰到底，最後不留一兵一卒全體自決，以謝君上。我自己當然會身先士卒，各位亦當有此覺悟，聽清楚了沒？好，各自解散！」

說完這段話，年輕的中尉步下講台並摘下眼鏡，一邊走著一邊拭淚。所謂嚴肅，說的就是那種氣氛吧。我站在原地，周圍的景象變得模糊黯淡，不知打哪兒吹來一陣寒風，感覺到我的身體自然而然沉入地底。

我想，那就死吧。想著死亡即將到來的眞實感。前方的森林靜寂無聲，一團漆黑。有一群小鳥自山頂飛起，像一撮芝麻粒撒向空中，無聲地飛走了。

啊，就在此刻，從我背後的軍隊宿舍，不知道是誰敲打著鐵鎚，幽幽地傳來鏗鏗鏘鏘的聲響。當我一聽見那個聲音，剎那間，我感到有鱗片從眼中掉下來[3]，戰爭的悲壯也好，嚴肅也好，一瞬間消失，好像什麼附著在我身上的東西散去。轉眼間，我的心情變得明朗起來，彷彿遠眺夏日正午的沙漠，眼前一片空白，心裡面不管有多少感慨，皆已蕩然無存。

接下來，我忙著把大量物品塞入背包，就這樣恍恍惚惚回到了故鄉。

那個，遙遠傳來的、幽幽的鐵鎚聲，有著不可思議的美麗，將我心中軍國主義的幻影徹底剝落，再也不用沉醉在悲壯嚴肅的惡夢之中。但是那微小的聲響，像是貫穿了腦

1 現在的青森縣五所川原市，亦為太宰治出生之地。
2 指裕仁天皇透過廣播向全國民眾發表談話，正式宣布日本無條件投降。
3 語出《新約聖經・使徒行傳》。「掃羅被上帝觸摸變成保羅，他被聖靈充滿……保羅按手禱告，眼睛上好像有鱗片掉下來。」

髓的靶心，從那之後直到現在，我好像罹患了一種異樣的、令人不快的癲癇症一樣，那個鐵鎚聲在我腦海裡始終揮之不去。

並不是真的有什麼猛暴性發作。相反的，每當感覺被事物觸動，精神為之振奮的時候，那個幽幽然，不知從哪兒發出鏗鏗鏘鏘的鐵鎚聲就會傳入我的耳朵。於是轉眼間，眼前的風景突然改變，像是電影放映到一半就戛然而止，徒留純白的螢幕，你仔細地望著螢幕，裡頭什麼也沒有，猶如夢幻泡影，一切都失去了意義。

最初，之所以來到這間郵局，是因為在工作以外的時間，可以自由地學習我想學的東西。首先也許可以寫一篇小說，寫完之後寄給您指教一番，我當時是這麼想的，郵局工作的空檔，我試著寫追憶軍旅生涯的文章，投注了大量的心力，累積了近百張的稿紙。眼看著今明兩天即可完成的一個秋日夕暮，從郵局下班後，我去公共澡堂泡湯，在池子裡一邊泡澡，一邊琢磨著接下來要寫的最後一章，是像《奧涅金》[4]那樣華麗而悲傷的結尾呢？還是像果戈理[5]的《兩個吵架的伊凡》那種令人絕望的結局？興奮不已構思的同時，我仰望著懸掛在公共澡堂挑高天花板下的電燈泡，這時，我聽見鏗鏗鏘鏘，自遠處傳來彷彿鐵鎚的敲擊聲。於是乎，瞬間浪潮盡退，突然意識到自己不過是泡在澡堂昏暗的角落，嘩啦啦地撥弄著浴池的水波，全身光溜溜的無聊男子。

這些想法實在不值一提，我爬出了浴池，一邊洗去腳底的汙垢，一邊豎起耳朵聽其他進入公共澡堂的客人們交換的對話。普希金也好果戈理也好，就像是從外國進口的牙膏品牌一樣，沒什麼特別的意義。走出公共澡堂，越過了橋，返回家中默默吃著晚餐，然後回到自己的房間，啪啦啪啦翻看著書桌上近百張的稿紙，被乏味至極的內容震懾住，連撕掉它們的力氣也沒有，以後只好拿它們來擤鼻涕了。從那以來，我再也沒有寫過一行類似小說的文字。

從舅舅那裡僅有的藏書中，我偶爾會借一本明治大正時代的傑作小說集之類的書來看，有的時候很有感觸，有的時候沒什麼感覺，也曾以漫不經心的態度，在飄著雪的夜裡提早入睡，過著完全沒有「精神生活」的日子。那段期間裡，我看了《世界美術全集》之類的書，以前曾經鍾情的法國印象派畫作，如今竟然看不出它到底好在哪裡，倒是日本元祿時代[6]尾形光琳[7]和尾形乾山[8]兩人的作品令我的眼睛為之一亮。

4 俄國文學之父普希金（Alexandr Sergeyevich Pushkin），從浪漫主義轉為寫實主義的第一部小說。

5 果戈理（Nikolai Vasilievich Gogol），俄國諷刺文學大師。

6 一六八八年至一七〇四年，史稱元祿時代，是日本非武士階級市民文化最繁盛的時期，中產階級的興起帶動了文化藝術的發展，浮世繪也在此一時期廣泛流行。

7 尾形光琳，畫家、工藝家，創立後世稱為「琳派」的裝飾性畫風。

8 尾形乾山為尾形光琳之弟，其作品無論是製陶還是書法繪畫，都流露出禪意和文人式的灑脫。

我認爲光琳所繪的杜鵑之類的畫作，與塞尙、莫內、高更等人相比更爲出色。就這樣，我對於所謂的「精神生活」又重新甦醒過來。畢竟我沒有要成爲光琳、乾山等名家的那種雄心壯志，而是爲了滿足作爲一個窮鄉僻壤的業餘藝術愛好者，每天從早到晚盡其所能地，從事著坐在郵局的窗口清點別人的紙鈔以圖溫飽的工作。像我這種沒什麼見識的人，過著這樣平凡的生活，也不見得就是墮落啊。這世上或許也有所謂的「謙讓的王冠」。平日兢兢業業守著本分的工作，或許才是最高尙的精神生活也未可知。

我這麼想著，逐漸地，對於自己每日的生活也開始感到自豪，那時恰好在發行新幣，就連窮鄉僻壤的三等郵局——不不，像我們這種小郵局就是因爲人手不足，才會每天忙得不可開交。那陣子我們從大清早開始就忙著受理存款申報，在舊版紙幣上張貼標籤[9]，累到筋疲力竭也無暇休息。況且我身爲舅舅的食客，不把握這個機會報恩，更待何時？所以我更加拼命的工作，直到兩隻手像鐵手套般沉重，感受不到手的眞實感爲止。

就這樣白天賣力地工作，晚上像死去般沉睡，隔天早晨在鬧鐘響起的同時跳下床，立即飛快地趕往郵局開始大掃除。清掃之類的工作，向來是由女職員來做，但自從圍繞著新幣發行的大騷動展開以來，我變得有些異常，不管做什麼都火力全開，並且以驚人的加速度，工作的熱情一天勝過一天，大部分時間猶如獅子勇猛奮進般呈現半狂亂的狀態。好不容易發行新幣的忙亂工作總算告一段落，我又忙不迭地在天剛濛濛亮的清晨起床，來到郵局進行一輪清掃的工作，全部確實打掃好以後，才坐到自己的營業窗口，這時候一道晨光筆直地照在我的臉上，我瞇起睡眠不足的眼睛，不知爲何感到十分心滿意足。我想起「勞動是神聖的」這句話，緩緩地鬆了一口氣。這時候又聽見「鏗鏗鏘鏘」的聲響自遠處幽幽地傳來，一切到此爲止，所有的事物一瞬間變得荒謬可笑。我站起身來，回到自己的房間，倒在床上蒙頭大睡，同事通知我用餐時間到了，我硬是推說因爲身體不太舒服，今天起不來了。而那天恰好是局裡最忙碌的一天，而我這個最優秀的工作能手竟然臥病在床，似乎讓同事們大傷腦筋，我昏昏沉沉睡了一整天。說要報答舅舅的恩情，卻因爲我的任性，反而給他添了麻煩。事到如今，整個人像是洩了氣的氣球似的，做什麼也提不起勁來，隔天還睡過頭，心不在焉地坐在自己的營業窗口發愣，呵欠連連，大部分工作都交給隔壁的女職員處理。第二天、第三天，我仍然無精打采，完全

9　終戰初期，日本經濟全面崩潰，通貨膨脹尤其嚴重，為了穩定局勢，政府決意發行新紙幣來替代舊幣，明定舊幣流通的截止期限。並強制要求老百姓將手頭上的現金存入銀行，到新幣發行為止的幾個月期間，只允許流通部分貼有標籤的舊幣，以抑制通貨膨脹持續擴大。

變成一個做事拖拖拉拉，惹人厭的傢伙——總之是個普通的、毫不起眼的窗口營業員。

「你是不是還有哪裡不舒服啊？」

被局長舅舅這麼一問，我也只能淡淡一笑回答：

「沒有哪裡不舒服，也許是神經衰弱。」

「對嘛！對嘛！」舅舅看起來很得意。

「我也是這麼想。你明明頭腦不好，還看那些艱深難懂的書才會這樣，依我看啊，像你這樣頭腦不好的男人，最好還是別去想那些複雜的問題比較好。」舅舅說著自個兒笑了，我也只好苦笑。

這位舅舅應該也是專科學校出身的，但他身上絲毫沒有知識分子的氣息。

然後，（我的文章裡出現過很多次**然後**吧？這也是頭腦不好的男人寫文章的特色吧。沒想到連我自己也挺在意這個的，可是，卻在無意間寫出來，實在改不掉）然後，我開始戀愛了。您可別笑我。不，您若是要笑，我也沒辦法。像是魚缸中青鱂魚總是懸浮在離缸底二寸高的地方，一動也不動的靜靜待在那裡，便會自然而然地「隱身」，我也像是那樣渾渾噩噩地生活著，也不知道是何時開始，陷入了羞於啓齒的戀愛狀態。

開始戀愛之後，就像音樂滲入身體那樣美妙呢，大概是戀愛症候群最明確的一種症狀吧。其實是單戀。可是，我好喜歡好喜歡那個女人。她是這海濱部落唯一的一間小旅館的女服務生，好像還未滿二十歲。我的局長舅舅愛喝酒，每逢部落裡有什麼宴會在那間小旅館舉行，舅舅從來不會缺席，所以舅舅和那位女服務生彼此混得很熟。每當女服務生爲了存錢或保險的事出現在郵局窗口另一邊，舅舅總是對她說一些陳腐又不好笑的話調戲她。

「妳最近看起來不錯嘛，很努力在存錢呢，佩服佩服，找到好主顧了嗎？」

「眞是無聊！」

她這麼回答，還眞的擺出一副感到無聊的表情。那不是凡戴克[10]畫作中女人的臉，更像是他畫作中貴公子的臉。她的名字叫做時田花江。我是從儲金簿上得知。以前，好像住在宮城縣，儲金簿的住址欄上寫著她以前在宮城縣的地址，而且用赤線槓掉了，旁邊又寫了她在這裡的新住址。局裡的女職員私下說，宮城縣因爲戰爭受災，在無條件投降前夕，她突然來到了這個部落，據說是那位旅館老闆娘的遠房親戚，而且，說她品行不太好，明明還是個孩子，卻很會耍手段。然而，那些疏散而來的人，沒有一個能得到

10 凡戴克（Anthony van Dyck），十七世紀比利時著名的畫家，擅長肖像畫。

當地人的好評，說什麼會耍手段，我一點也不相信，可是，花江小姐的存款肯定不少。雖然郵局的職員是不能公開一個人的存款狀況……總之，花江小姐即便遭到局長的調戲，她仍然每週一次來存個兩百圓或三百圓，存款總額不斷地增加。難不成眞的找到了所謂的「好主顧」嗎？我雖然沒有這樣想，可是每次爲她存入的兩百圓或三百圓蓋上收訖章的時候，似乎總有些怦然心動，而感到面紅耳赤。

然而，我內心很不好受，儘管花江小姐絕不是什麼手段厲害的人，但是，這個部落裡的人大家都對她不懷好意，他們拿錢給她，然後想用這種方式毀掉她的名節嗎？一定是這樣！一想到這些，我甚至半夜從地板上跳起來。

儘管如此，花江小姐仍然以每週一次的頻率，若無其事地來存錢。現在，別說是臉紅心跳，我因爲太難受，簡直就要臉色蒼白，冷汗淋漓了。我接過花江小姐裝模作樣遞來的貼著標籤，髒兮兮的一疊十圓紙幣，一張一張地數著，好幾次恨不得把它們全部撕碎。然後我很想對花江小姐大聲說一句，那是泉鏡花[11]小說的經典台詞：「死也不要做別人的玩物！」[12]這句話說來唐突，卻也不是像我這樣土里土氣的鄉巴佬說得出來的台詞，但我眞心誠意地，無法克制地想對她說一句「死也不要做別人的玩物！物質算什麼？金錢又算什麼？」

果然，還是有件事教我難以忘懷。那是五月下旬的事。花江小姐如往常一本正經地出現在郵局窗口的對面，說著「麻煩你了」將錢和儲金簿遞給了我。我嘆了口氣接過來，悲傷地一張張數著那些髒兮兮的紙鈔。點好數目以後，將金額記入儲金簿，默默地交還給花江小姐。

「五點左右，你有空嗎？」

我懷疑自己的耳朵是不是聽錯了，是春風送錯了訊息嗎？那句話低聲又迅速。

「如果有空的話，請到橋邊來。」

她如此說著，微微一笑，隨即又恢復一本正經的模樣轉身離開了郵局。

我看了看時鐘，才過兩點而已，到五點下班之前，我精神渙散，不曉得自己到底做了些什麼，現在完全想不起來。肯定是板著一張臉轉來轉去，明明是陰天，卻莫名其妙地對著隔壁的女職員很大聲地說著：「今天眞是好天氣啊！」對方愣住後，沒好氣地瞪了我一眼，我藉口上廁所逃離現場……愚蠢地像個傻瓜一樣吧。距離五點還差七、八分

11 泉鏡花，日本小說家，其獨樹一格的寫作風格，充滿了異色的想像，日本著名作家芥川龍之介、川端康成等人在文體上均受到他的影響。

12 出自泉鏡花小說《歌行燈》。

的時候，我走出了家門。我到現在還記得，走在半路上，發現自己的雙手指甲未剪，爲什麼會這樣呢？坦白說我當時眞的快哭出來了。

在橋頭邊，花江小姐站在那裡等我。我覺得她穿的裙子似乎有點短，一眼就可以看見她裸露在外修長的雙腿，害我有點不好意思直視她。

「我們去海邊吧。」

花江小姐看起來神色自若地說。

花江小姐走在前頭，我跟在她的後頭，約五、六步的距離，慢慢朝海邊的方向走去。雖然我們一直保持那樣的距離，但兩人的步調總在不知不覺間，變得相當一致，這令我很困惑。天陰沉沉的，稍微起了風，揚起了海邊的沙塵。

「這裡，感覺眞好呢。」

花江小姐走到擱淺在岸邊的兩艘大漁船之間，在沙地上逕自坐了下來。

「過來嘛。坐下來就吹不到風了，好暖和哦！」

我在花江小姐伸直雙腿坐的位置大約兩公尺外的地方坐了下來。

「特意找你出來，眞不好意思。可是，有句話不說我快受不了啦。是關於我的存款，你一定覺得很奇怪吧？」

我也有想到這個，於是用沙啞的聲音回答她。

「的確，有點兒奇怪。」

「會這麼想是理所當然。」花江小姐一邊低頭說著，一邊把沙子撒在裸露的腿上。

「那些存款啊，其實不是我的錢呀，如果是我的錢，我才不會拿去存呢。一點一點地存，麻煩得要死。」

原來如此，我不發一語地點著頭。

「不是嗎？那個儲金簿其實是老闆娘的。不過，這件事你絕對要保密，千萬可別說出來哦。老闆娘啊，為什麼會做出這種事，我隱隱約約知道一些，但是因為內情太複雜了，我也不想說。我心裡好難受，你願意相信我嗎？」

花江小姐微笑著，我看著她的眼睛閃過一抹奇異的光芒，原來那是眼淚。

我突然很想親吻花江小姐，若是能和花江小姐在一起，做牛做馬我都願意。

「這裡的人都不懷好心眼。我想著，該不會被你誤解了吧？老早就想當面跟你說清楚。今天總算下定決心。」

就在這時候，附近一間小屋忽然傳來「鏗鏗鏘鏘」的敲打聲。這回的聲響，並非我的幻聽。而是佐佐木先生位於海邊的小倉庫，確實傳來了響亮的敲釘聲。鏗鏗鏘鏘、鏗鏗鏘鏘……不絕於耳。我渾身顫抖地站起身來。

「我知道了。我不會告訴任何人的。」

這時候我發現花江小姐的身後不遠處有一堆狗大便，猶豫著要不要提醒她一聲。

海浪像是倦了似的微微地起伏著，一艘小船張著髒兮兮的船帆，緊靠著岸邊晃晃悠悠地開了過去。

「那麼，我告辭了。」

感覺眼前一片空茫，不管那存款是如何，也不是我能插手的事。那原本就是別人的事。做爲別人的玩物也好，會變成怎樣也好，根本與我無關，眞是沒事自尋煩惱。我肚子餓了。

從那以後，花江小姐還是固定一週或十天左右，來郵局存錢。現在已經變成了幾千圓的數目，但我已經完全失去興趣。如同花江小姐所說的是老闆娘的錢也罷，或是花江小姐自己的錢也罷，不管是誰的錢，都完全與我毫不相干。

就這樣，要說到底是哪一方失戀了，無論怎麼說失戀的人應該是我吧，但是除了失戀以外，更令我感到悲傷的是，這樣的失戀方式也未免太奇怪了。自此以後，我又重新回到那個成天渾渾噩噩的普通職員身分。

進入六月之後，我因爲有事去了青森，偶然在街頭碰上勞動者的示威遊行。在此之前，我對於社會運動或政治運動之類的事不大感興趣，相較之下，我認爲更像是一種近乎絕望的東西。無論誰來做，結果都相同。而我自己，不管參加任何運動，到頭來還不是成就了那些領導者的名聲欲和權力欲，被當作墊腳石犧牲掉罷了。那些人總是毫無疑慮的，理直氣壯地宣揚自己的理念「只要聽我的話，不僅能救你自己，還能拯救你的家庭、你的村莊、你的國家，乃至全世界！」並以誇張的動作來強調自己的決心——你們就是因爲沒有聽我的話，如今才會讓自己身陷苦難之中。

一個男人被花魁甩了又甩、甩了又甩，便自暴自棄地大聲疾呼要廢除公娼，又憤然毆打美男同志，無理取鬧，聒噪不休，醜態百出，偶爾得了個勳章，便歡天喜地地衝回家，得意洋洋秀給母親：媽媽快看！然後又像獻寶似的打開勳章的小盒子向妻子炫耀，誰知道妻子態度冷淡地說：「啊呀，怎麼才拿到五等勳章，至少也拿個二等勳章再說吧。」做丈夫的心情一下子跌到了谷底——所以呢，我認定了那些成天參加什麼政治活動、熱衷社會運動的人，全是這種呈現半瘋狂狀態的男人。

因此，在今年四月的總選舉中，任憑他們高喊民主主義也好、什麼也好，我向來對這些人不大信任。自由黨、進步黨，還不是那些老面孔出來選，大家都好像完全不當一回事似的，而社會黨、共產黨則是乘勢而起想要大有作爲一番，說穿了，還不就是搭上日本戰敗的順風車嗎？就像是依附在「無條件投降」這具屍體上的蛆蟲，如此不潔的印象始終難以消除。四月十日投票日當天，局長舅舅要我投票給自由黨的加藤先生，我雖然滿口答應卻離開家到海邊散步，繞了一圈便回去了。我認爲，不論他們在社會問題或政治問題上提出什麼驚人的見解，也解決不了我們這種日復一日生活的憂鬱，然而，那一天我在青森偶然看到了勞動者的遊行，我突然意識到之前的想法全是錯的。

朝氣蓬勃，或許可以這麼形容吧。總感覺這是一場快樂的遊行。我看不出來有任何憂鬱的陰影或自卑的皺紋，只有熱情奔放的活力。年輕的女孩們也手拿著旗幟唱著勞動歌曲，使我感到內心澎湃，不由得潸然淚下。啊，日本輸掉戰爭眞好！我想我有生之年第一次見識到眞正的自由是何種面貌。如果，這是政治運動或社會運動所孕育的成果，那麼人類應當把政治思想、社會思想的學習列在優先順位。

還有，當我觀看遊行隊伍的過程中，我逐漸找到一條屬於自己的光明大道。對此我確信不移，感受到前所未有的喜悅心情，暢快的淚水沿著臉頰滑落，像是潛入水中張開雙眼，周圍的景物呈現一片朦朧的暗綠色，我在那微明的水底隨波蕩漾，忽然看見一面如赤焰般鮮紅色的旗幟，啊啊，此情此景，鮮明的色彩，我一邊流著淚，到死也不會忘記。忽然間我又聽見了遠方傳來幽遠的鐵鎚聲，鏗鏗鏘鏘……一切到此又完全中斷了。

那聲音到底是怎麼回事呢？似乎也無法簡單地將它歸咎於虛無。那鏗鏗鏘鏘的幻聽，甚至連虛無也被它徹底摧毀。

一到夏天，本地青年之間，忽然興起一股熱衷體育運動的風潮。我大概多少有點老年人那種實用主義的傾向，總覺得搞這些活動沒什麼意思，毫無意義地光著身子相互角力，被摔出去而受重傷，表情猙獰地比賽誰跑得快，反正每個人跑百米都是二十幾秒，半斤八兩，實在很浪費體力。所以我從未想過要參加青年們這種體育競賽。然而，今年八月，沿海岸線的各部落聯合舉辦一次馬拉松路跑接力賽，本郡有許多青年參加了這次的競賽，而我們這間A郵局也成爲比賽的中繼站之一。從青森出發的選手，要在這裡和下一段路程的選手進行交棒。上午十點剛過，從青森出發的選手們陸陸續續到達這裡，局裡的職員們都出去看熱鬧了，只剩下我和局長留在局裡處理一些簡易保險的整理工作。沒多久，就聽見外頭有人大聲嚷嚷著：來啦！來啦！我從座位上站起來，朝窗外望去，只見那名選手打算要做所謂的最後衝刺，他的姿勢很微妙，像是努力劃開空氣似的，兩隻手猶如青蛙般盡其所能地撐開五指，配合雙臂誇張的弧度，向前邁開大步，全身上下只穿一條短褲，當然也光著雙腳，胸部高高地隆起，仰面朝天，露出苦悶的表情，搖搖欲墜地跑到郵局前，然後整個人悶哼一聲，便栽了下去。

「幹得好！加油！」旁邊有人吶喊著，上前抱起那名選手，把他帶到我所在的窗下，用事先準備好的一桶水，如灌頂般潑灑在他身上，看上去選手已呈現半生半死的瀕危狀態，臉色鐵青地癱軟在地上。我望著他，一股怪異的感動襲上了心頭。

眞是可憐啊，二十六歲的我做出如此評價，似乎有些高傲。就說令人感動吧，總之，我覺得浪費了力氣，拼死拼活地跑到這裡，實在很了不起。這些人就算是拿了一等獎、二等獎，世間也沒什麼人會對他們感到興趣，即便如此，他們依然卯足全力，衝刺到終點，這才教人打從心底感到欽佩。一來，他們並不是藉由馬拉松接力賽來實現建設所謂的文化國家的理想；二來，也並非明明沒什麼遠大理想，卻爲了裝飾門面，成天把理想掛在嘴邊，藉此博得世人的景仰。再者，也沒有未來要成爲馬拉松賽跑名將的雄心壯志吧。他們心裡應該很清楚，這不過只是鄉間的小小比賽，時間也好成績也好根本無關緊要。就算是回到家裡，他們也不指望能拿出來向家人炫耀，說不定反而會被父親責罵。即便如此，還是努力去跑，拼上性命去跑。得不到任何讚賞也無所謂，只是想試著跑跑看而已。這是不計報酬的行爲。就連幼童冒險爬樹，也有爲了能摘取柿果的欲望，可是這種賭上性命的馬拉松，就連這種欲望也付之闕如。這幾乎是一種虛無的熱情，而這種熱情恰好契合了我當時空虛的心境。

我開始和局裡的同事們一起做投球接球的棒球訓練。每次練習，總要練到全身筋疲力竭爲止，像是脫了一層皮似感到渾身舒暢。然而，正當我想到，對了！就是這個最適合我，又聽到了那個熟悉的鏗鏗鏘鏘的聲音。那種鏗鏗鏘鏘的聲音，甚至連虛無的熱情也能擊退。

於是，這段期間，聽見鏗鏗鏘鏘的聲音次數愈來愈頻繁，比方說翻開報紙，正想要一條一條地熟讀新頒布的憲法，鏗鏗鏘鏘；和舅舅兩人討論局裡的人事問題，心中浮現好的提案，鏗鏗鏘鏘；想要讀讀您的小說，鏗鏗鏘鏘；近日部落裡發生火災，正想要趕往現場時，鏗鏗鏘鏘；和舅舅共進晚餐喝了點酒，想要再多喝一些，鏗鏗鏘鏘；想著自己是不是已經瘋掉了，鏗鏗鏘鏘；考慮想自殺，鏗鏗鏘鏘。

「所謂的人生，如果用一句話來概括，會是什麼呢？」

昨夜和舅舅晚酌時對飲，我以玩笑的語氣試著問了一句。

「人生，這我不知道，不過，世間唯有色與欲。」

眞是意想不到的經典妙答。我忽然想到，要不乾脆去當個黑市販子算了。但是，正當我想著當了黑市販子之後賺了一萬日圓的事，耳邊立刻傳來鏗鏗鏘鏘的聲音。

請您告訴我，這聲音究竟是什麼？還有我該如何逃開它的糾纏？因爲這聲音，事實上我現在完全動彈不得了。請您務必回覆。

請容我再跟您稟告最後一件事，就連這封信寫到一半的時候，也聽見鏗鏗鏘鏘的聲音響個不停。寫這樣的一封信，一點意義也沒有，我努力撐到現在，只能寫出這些內容。然後，實在是太無聊了，我開始自暴自棄，覺得自己寫的淨是些胡說八道的東西。既沒有花江小姐這個人，也沒有看見什麼示威遊行。其餘的事，似乎也是憑空杜撰的。

然而，唯有鏗鏗鏘鏘是千眞萬確的，其他都是子虛烏有，我也沒有回頭重讀的勇氣，就這樣寄給您吧。

敬具。

收到這封奇異來信的某作家，很不幸的是個不學無術毫無思想的男人，但仍然回覆對方如下：

拜覆。

眞是裝模作樣的苦惱啊。我並不會同情像你這樣的人。十目所視，十指所示之處，無論再怎樣辯解也無濟於事的醜態，你似乎也置身於事外。比起聰明睿智，眞正的思想要靠勇氣才能獲得。新約《馬太福音》第十章寫道：「那殺身體，不能殺靈魂的，不要懼怕他們；惟有能把身體和靈魂都滅在地獄裡的，正要怕他。」這裡的「懼怕」比較接近「敬畏」的意思，你如果能夠從耶穌的話語裡，感受到雷霆萬鈞的力量，那麼你的幻聽症狀應當會消失，不盡言。

聖誕快樂 1

「東京，呈現一種哀傷的活力。」當我還在猶豫是否以這句話起頭時，我明明在外地折騰了一番又回到東京，然而，絲毫未變的「東京生活」一如既往地映入我眼中。

過去的一年又三個月，我在津輕的老家暫住，直到今年十一月中旬，才帶著妻子一同搬回東京，感覺好像剛結束了爲期兩、三週的小旅行。

「久違的東京，沒有更好，也沒有更糟，這種都會性格是改不掉的。當然，實體方面的變化確實是有，但就形而上的氣質來說，這個都會還是和以前一樣，沒什麼太大的變化，除非笨蛋全死光了才有得救。如果能夠稍微改變一下也好，不對，我認爲應該要有所改變。」

我在寫給某位鄉下友人的信中如此寫道，而我也依然沒什麼變化，慣常披著兩件久留米絣[2]的薄外衣，在東京的街頭巷尾來回閒晃。

十二月初，我前往東京近郊的某間電影院（說是電影院，倒不如說是活動小屋來得適切，那是一個簡單又可愛的小屋子），走進去看了一部美國片，從那裡離開的時候，已近傍晚六點左右，東京的街道被白煙一般的夕霧所籠罩著，在霧中黑色的人影熙來攘往好不匆忙，處處瀰漫著年節前夕的濃郁氛圍。東京的生活果眞是一點都沒變。

我走進書店，買了一本著名猶太作者的戲曲集，放入懷中的口袋。不經意望向書店的出口時，忽然看見一名少女，彷彿鳥兒起飛前的那一刻，站在那裡望著我。她微微張開小嘴，像是對我說話，卻未發出聲音。

一種不知道是吉是凶的預感閃過我腦海。

過去，我總習慣在外拈花惹草，可是現在我對女人一點興趣也沒有，要是遇上了從前玩過的女人就是大凶。依我個人的經驗，像那樣逢場作戲的女人還眞不少。不，應該說，幾乎都是那樣的女人。

新宿的、那個……要是她就傷腦筋了。還是另外那個？

「笠井先生。」她小小聲叫著我的名字，並微微欠身向我行禮。

她戴著綠色的帽子，帽子的繫帶在下顎位置打了結，身上穿著一件紅色的雨衣。看著看著，眼前的她愈變愈年輕，彷彿變成了十二、三歲的少女，和我記憶中浮現的某個影像重疊起來。

1　原題：Merry Cristmas。

2　江戶時代福岡縣久留米藩所生產的高品質染色花紋棉布。

「原來是靜江子。」

吉。

「過來吧、過來吧。還是說，妳有什麼想買的雜誌？」

「不用了。我是來買一本名為『Ariel』的書，已經買好了。」

我和她步出書店，走在接近歲末的東京街頭。

「妳長大了呢，我一時認不出來。」

眞不愧是東京。居然也遇上這種事。

我跟小販買了兩袋每袋十圓的南京豆[3]，收起錢包，想了想，於是又掏出錢包買了一袋。想起從前，我到這孩子的母親那兒造訪時，總會買些伴手禮帶去給她。

她的母親與我同年。而且，她是我記得的這麼多女人當中，即便在路上意外重逢，也不會令我感到恐懼或困惑的極少數之一，不不不，應該說是唯一的人。怎麼說呢？現在有四個假設的答案，容我列舉如下。

若是說她出身名門貴族，擁有美貌而體弱多病，光是聯想到要正襟危坐就覺得好煩，所以不太可能單憑這樣的條件成為我心目中那個「唯一的人」。若說是和有錢的丈夫分開之後，頓時失去依靠，帶著僅存的一點積蓄租了間公寓和女兒兩人相依為命，似乎也構不成理由，因爲我對女人身上發生的故事不感興趣，像是基於何種理由和有錢的丈夫分開？僅存的一點積蓄究竟是多少？這些我壓根兒不想知道。就算聽了也會馬上忘了吧。或許是因爲從前被女人過分戲弄的緣故，現在只要一聽到女人訴說自己身世有多悲慘，總覺得對方說的全是一派胡言，我甚至連一滴淚也沒有。也就是說，我不會因爲這個女人家世背景好，長得美，或者是後來落魄可憐的遭遇，這些看似所謂「羅曼蒂克」的條件，而認定她會成爲我心中「唯一的人」。

眞正的答案是以下四點。第一，是她注重清潔，外出返家後必定會在玄關先把手和腳洗乾淨。即便落魄，還是住在有兩房的公寓，不時清掃屋內的各個角落，連廚房裡的器具也亮麗如新。第二，她對我從未有過男女之情，而我也從未對她萌生愛意。就性慾的層面而言，那些無所適從，令人不快的麻煩事，處心積慮或是自作多情，試著去勾引對方，或是自個兒唱獨角戲，像這樣十年如一日、千年如一日感覺了無新意的男女戰爭幸好不曾發生過。我觀察到的是，這個女人，即便分開了還是愛著她的前夫。在心底仍埋藏著「以身爲他的妻子爲榮」的想法。第三，這個女人，對於我的事觀察很敏銳。她

3 去殼後留有薄皮的花生。

知道我對於世間的一切感到乏味，到了無法承受的地步，這時候性慾特別旺盛。即便她列舉出來的都是些無聊的事，我還是覺得相當厲害。每次我去拜訪她，總能配合我身邊的話題聊得十分盡興。也曾聊到無論什麼時代，人一旦說出眞話就會被殺掉，像是施洗者約翰、耶穌基督，然而，不曉得什麼原因約翰竟然沒有復活。關於日本現存的作家則是隻字未提。第四點，或許是最重要的一點，這個女人的公寓裡，隨時準備了豐富的藏酒。雖然我也不覺得自己是吝嗇的人，可是每當我在酒店債台高築而感到憂鬱，心血來潮想喝一杯的時候，腳就會不由自主地前往那個可以讓我免費喝個夠的地方。即使戰爭永無寧日，日本在酒的供應上日益匱乏，但只要去那間公寓，肯定有酒可以喝。所以我總是會帶點不成敬意的伴手禮給她的女兒，然後喝到爛醉才回家。以上四點，就是這個女人之所以成爲我心目中「唯一的人」的答案。

要是有人問我：「難道這就是你們兩人之間的戀愛形式？」我會裝傻地敷衍對方說「也許是吧。」如果把男女之間的親密交流都當作談戀愛，那麼我和她的情況也算是吧。這個女人從不曾讓我感到厭煩，對於逢場作戲這種事她也嫌麻煩做不來。

「妳母親呢？還是老樣子吧。」

「嗯。」

「沒生病吧。」

「嗯。」

「靜江子還是和母親一起住？」

「嗯。」

「妳家離這兒不遠嗎？」

「沒錯，不過，家裡很髒亂喔。」

「我不介意，不如現在就去妳家探訪。順便把妳母親拉出來，在那附近的料理屋好好地暢飲一番。」

「嗯。」

女孩的神情看來似乎有點垂頭喪氣，走起路來步履蹣跚。這女孩是她母親十八歲時生下的孩子，她母親和我一樣是三十八歲，若是這樣的話，她今年應該……

我擅自猜想，她大概是嫉妒她母親吧，肯定是的。我把話鋒一轉。

「Ariel？」

「說來不可思議呢。」出乎我的預料，她開始滔滔不絕。

「剛上女校的時候，笠井先生有來我們家玩，我記得是夏天，你和母親聊天的時候多次提及Ariel這個字，雖然不知道你們在聊些什麼，神奇的是我一直記得這件事。」

她突然興致勃勃地說著，到了話尾忽然沒下文了，就這樣一語不發地走了一段路，才丟下一句「原來那個是我的本名。」

我又兀自猜想著，她的母親並沒有愛上我，我也不曾對她母親產生情慾，不過，若是換作女兒的話，或許會有不同的想法吧。

她的母親是個即使落魄也堅持要吃好東西才能活下去的人。日本對英美作戰前夕，她早就帶著女兒逃難到廣島附近有許多好吃食物的地方過日子，逃難後我收到她來自廣島的明信片短箋，當時我的生活很艱苦，沒有辦法回信給逃難後過著悠哉日子的人，回信的事就一直擱著。這期間我的生活環境不斷變化，五年前和她們母女的音訊終於完全斷絕。

就在今夜，睽違了五年，沒想到她的女兒會與我重逢，對母親的喜歡和對女兒的喜歡，究竟喜歡誰比較多呢？對我來說，總覺得對女兒的喜歡比起對母親的喜歡要來得純粹而深刻。如果是這樣的話，我從現在起就必須對於自己所屬的喜好加以明確地區分，把我的喜愛平均分配給這對母女那是不可能的事。從今夜起，我要背叛女孩的母親，成爲這個女孩的玩伴。即便是做母親的會露出鄙夷的表情我也無所謂，因爲這女孩將成爲我的俘虜。

「妳們是什麼時候搬來這裡的？」換我問她。

「去年的十月。」

「這樣啊，不就是戰爭結束後沒多久嘛。像靜江子的母親那樣我行我素的女人，想也知道不能永遠忍受待在鄉下的日子。」

我用痞子的語氣，稍微虧了一下她的母親，企圖討女兒的歡心。女人啊，不，人類啊，就算是親子之間也會相互競爭。

然而，女兒並沒有笑。看來，不管是褒是貶，在女兒面前提及母親的事都是一大禁忌。好強烈的嫉妒心，我擅自在心中下了結論。

「能遇到妳眞是湊巧。」我漫不經心地把話鋒一轉。

「就好像挑對了時間，妳站在那家書店守候著我的到來。」

「眞的呢！」她說。

接下來，想必很難抵禦我甜言蜜語的誘惑。

我打鐵趁熱，又接著說：

「我去看電影打發時間，差不多是約定的時間正好五分鐘前去了那家書店……」

「看電影？」

「沒錯，偶爾會去看電影。是馬戲團走鋼索的片子，由藝人來扮演藝人的角色，演得眞不錯。無論是怎樣差勁的演員，只要扮成了藝人，演出來效果都不錯。歸根究底，因爲是藝人的緣故。藝人的悲傷，會無意識地表露出來。」

戀人之間的話題，似乎還是局限在電影上面。偏偏它就是討人厭的適合。

「你說的那部片，我也看了喔。」

「一旦相遇以後，兩人之間猶如海浪般湧來，然後又會分開喔。做愛也像這樣，多美妙的滋味。翻雲覆雨之後，就算永遠地分開，在人生中也是常有的事啊。」

如果無法若無其事說出像這樣肉麻的句子，是無法追到年輕的女孩子當戀人的。

「要是我早一分鐘從那家書店走出來，緊接著，妳走進那家書店，我們可能永遠，不，至少是十年不會遇到彼此。」

我盡可能努力將今晚的邂逅，刻意營造出浪漫的氛圍來。

道路狹小而陰暗，加上有些泥濘，使得我們兩人要並肩同行顯得有些困難。女孩走在前面，我把雙手插在二件式罩衫口袋裡並尾隨在她身後。

「已經走了半丁？還是一丁[4]？」我問她。

「那個，我不曉得一丁大概有多長。」

其實我也不曉得，對於距離的測量我沒什麼概念。但是，愚蠢感是戀愛的大忌。我只好裝作一副科學家的口吻說著：

「有沒有一百公尺啊？」

「不知道耶。」

「若換算成公尺，也許比較有真實感。一百公尺，是半丁。」我告訴她，但心裡覺得不安，試著心算之後，一百公尺大約是一丁。不過，我並沒有訂正過來，因爲滑稽感也是戀愛的大忌。

「不過，馬上快到了，就在那裡。」

是一棟黑色外觀，相當華麗的公寓式建築。穿過昏暗的走廊，來到第五還是第六間左側的房間門口，那裡有個牌子上面寫著「陣場」，那是貴族的姓氏。

「陣場小姐！」我大聲向著屋內呼喚。

我確實聽到了有人應門的聲音，接著，門上的毛玻璃，好像有人影晃動。

4 日本過去使用的測量單位，一丁大約是一〇九公尺。

「啊，有人在，有人在。」我如此說道。

女兒呆立在原地，面無血色，下唇有點醜地歪斜著，突然哭了起來。

原來她的母親在廣島空襲時就已經過世了。聽說她在臨死之前，還叫著笠井先生的名字。

女兒獨自回到東京，母方有位親戚是進步黨的國會議員，據說她在那個人的法律事務所工作。

母親過世的事，有點難以啓齒，我不知道該怎麼辦才好，只好先把你帶來這裡。女兒總算把心裡面的話說出來。

這才意識到，每當我說到母親的事，靜江子的臉就會突然沉下來，原來是這個緣故。既不是嫉妒，也沒有戀愛的意思。

我們沒有進入屋內，就直接折返，來到車站附近熱鬧的地方。

母親生前喜歡吃鰻魚。

我們穿過鰻魚屋小店前的暖簾。

「歡迎光臨！」

客人之中，只有我們兩個是站著吃，另外有一位紳士坐在小店後方喝著酒。

「你要點大串？還是小串？」

「小串，來個三人份。」

「好的，馬上來。」

這位年輕的店主，看上去是個道地的江戶人。他頗有架勢地望著燒烤爐子，一邊啪噠啪噠地搧著爐火。

「給我分開裝在小碟子裡。」

「好的，還有一位客人呢？之後再上？」

「這裡不是三個人嗎？」我正經八百地說道，不帶一絲笑容。

「咦？」

「這位小姐和我之間，還有一個人，你看這兒不是有一位面帶憂容的美女嗎？」這次我微笑地向對方說明。

年輕的店主，對於我所說的似乎有點明白了。

「啊，戴歪了。」店主一邊說一邊笑著用單手將綁在頭上的帶子調整好。

「這個，有嗎？」我用左手佯裝拿起杯子喝酒的模樣秀給店主看。

「本店有頂級的酒。不，算不上頂級啦。」

「來三個杯子。」我說。

小串的碟子有三個，並排在我們的面前。中間的那碟擺著不動，我們各自用筷子夾了兩邊碟子上的蒲燒鰻魚串，沒多久，注滿了酒的三個杯子也並排在我們面前。

我舉起靠邊的杯子，一飲而盡。

「乾杯吧。」

我用只有靜江子聽得見的微小聲音說。

接著舉起母親的杯子喝乾它，然後從懷中取出先前買的三袋南京豆。同樣小聲地說著：

「今夜，我還想再多喝一點，妳就陪著我一邊嚼著花生豆，一邊慢慢喝吧。」

靜江子點點頭，接下來的時間，我們一言不發，什麼也沒說。

我默默地接連喝了四、五杯，小店後方的紳士，把鰻魚屋的店主當說話對象，開始在那邊大聲喧譁。坦白說內容相當無趣，不可思議地淨說些差勁、毫無意義的廢話，而且只有他自己感到有趣地笑著，店主也附和地笑著。「嘴上說著有的沒的，就是這樣啊，然後臉紅起來就做了，像是蘋果眞可愛啊，如果懂得這種心情就會做了，哇哈哈哈，那傢伙頭腦好得很，說什麼東京車站是他家，眞是輸給他了，我就說丸之內大樓是我小老婆住的房子，這回輪到對方甘拜下風……」像這樣喋喋不休地說著一點也不有趣，一點也不好笑的笑話，我對於日本的醉客欠缺幽默感這點，如今更是感到厭煩。無論那位紳士和店主如何相互說笑，這邊則是依然連一絲笑容也沒有地喝著酒，發呆地看著接近歲末時節、川流不息經過鰻魚屋的人群。

紳士忽然對上了我的視線，接著，和我一樣眺望著小店外的人潮，突如其來地大聲叫著「Merry Christmas」，因爲有位美國大兵正好路過這裡。

也不知爲何，單憑那位紳士滑稽的腔調，害我不由得噴笑出來。

那位美國大兵聽了，回過頭來露出一臉詫異的表情，隨即轉身大步離去。

「把這串鰻魚吃了吧。」

我拿起筷子夾起中間碟子裡剩存的鰻魚。

「嗯。」

「我們一人一半。」

東京依然像以前一樣，絲毫沒什麼改變。

雌性雜談

聽說斐濟人（Fijians）生性殘忍，連摯愛的妻子，只要稍有嫌棄，二話不說立即殺掉，然後吃她的肉。又聽說塔斯馬尼亞人（Tasmanians）當妻子死的時候，連兒子也要陪著一起殉葬，並且心平氣和，面不改色。更誇張的是，澳洲有一原住民部落，當妻子死時，將她運往山野，除去身上的油脂後，當作餌食釣魚。

在那本名爲《若草》的雜誌上，發表死氣沉沉的小說，不是爲了好玩，想標新立異，也不是爲了證明自己對讀者漠不關心。因爲我相信這種小說，同樣也能取悅年輕讀者。我知道現在社會上的年輕讀者們都意外地蒼老。所以說這樣的小說應該很容易被接受，這是專爲失去希望的人們所寫的小說。

今年的二月二十六日，在東京，年輕的將校們鬧出事情來[1]。這一天，我和客人圍著長火缽聊起，完全不知道發生了這件事，兩個人的話題繞著女性睡衣打轉。

「我還是不太明白，具體說說看嘛，寫實主義的筆法呢。要提到女人的時候，還是這種筆法最適用。不覺得睡衣還是長襯衣好看？」

如果眞有這種女人，就用不著去尋死了。我們彼此探觸對方心底隱藏的想法，想找出對方憧憬的理想女人形象。客人想找一位二十七、八歲柔弱的側室，她在向島的一隅租了一間原本是商店的二樓，帶著沒有父親的五歲孩子兩人相依爲命。他會在川開[2]的煙火晚會，到女人住的地方去玩，給她五歲的女兒畫圖，畫個大圓圈，中間用鮮黃色蠟筆仔細地塗滿，然後告訴小女孩「這是滿月哦」。小女孩的母親穿著淺淺的水藍色棉織睡衣，外面繫著藤蔓花樣的細腰帶。客人說完，便追問起我喜歡的女性。被他這樣一問，我也只好娓娓道來。

「我不要縮棉布料的，感覺邋裡邋遢，而且摸起來縐縐的。雖說我們也不是那麼積極的人嘛。」

「那上下兩件式的睡衣如何？」

「更不需要，穿不穿還不都一樣。只套上衣的話簡直像漫畫嘛。」

「這麼說，還是棉織類比較好？」

「不，最好是剛洗過的男用浴衣。粗線條的直紋，腰帶用一樣布料的細帶，和柔道

1 這裡指的是二二六事件，一九三六年二月二十六日，受皇道派影響的陸軍青年將校，以實現天皇親政的主張，所發起的一場失敗的政變。

2 東京的傳統節慶之一。江戶時代，隅田川夏天有泛舟納涼的習俗，名為「川涼」，從陰曆的五月二十八日起為期三個月，開放首日名為「川開」，按往例，這一天會在兩國舉行煙火大會，所以又名「兩國煙火」。

服一樣，在前面打上結。那個……就像旅館的浴衣啦，那個很不錯喲。讓人看起來有點少年的感覺，那樣的女人不是很清純性感嗎？」

「我明白了。雖然你老是說著好累好累，其實過得滿奢華的嘛。就像人家常說：最華麗的祭典是葬禮，意思是一樣的，你對女人的要求還眞是好色啊，那髮型呢？」

「日式髮髻，我不喜歡。油得要命，處理起來很麻煩。造型又很奇怪。」

「你看那個！無造作的西洋髮型，你覺得如何？她可是演員呢，以前帝劇[3]專屬的女明星看起來還不錯吧。」

「才不是咧。女明星，只會擺個臭架子，我不喜歡。」

「別老是挖苦別人，我是跟你說正經的。」

「沒錯啊。我也沒把它當遊戲。愛可是要賭上性命的。我不會把它看得太天眞。」

「我還是不明白。不如採取寫實主義吧，來趟旅行試試？動用想像讓女人試著做各式各樣的事，說不定可以意外地領悟到一些事。」

「然而，她不是很主動的人。是像睡著了的安靜女人。」

「你，不能老是處於被動狀態。既然這樣，只好嚴肅地談。首先，讓她穿上你喜歡的那種旅館的浴衣怎樣？」

「那麼，不如從東京車站展開這趟旅程吧。」

「好，好，先跟她約在東京車站碰面。」

「前一天晚上，只告訴她說一起旅行吧，等她點頭答應。明天下午兩點我在東京車站等妳，她又點頭說好。如此簡單的約定。」

「等一下，等一下。對方是誰？難不成是女作家？」

「不，女作家不行，她們對我評價很負面。是對生活感到有點倦怠的女畫家。不是聽說有些女畫家很有錢嗎？」

「還不都一樣。」

「說得也是。看來只剩下藝妓符合條件。總之，已經不會害怕面對男人的女人比較好。」

「旅行之前有和她發生關係嗎？」

「好像有，又好像沒有。就算有見面，記憶也像夢一般模糊。一年見面不會超過三次。」

3 指的是帝國劇場，是日本第一座歐式劇院，由實業家澀澤榮一、大倉喜八郎共同設立，於一九一一年正式開幕，位於東京千代田區丸之內。

「決定去哪兒旅行？」

「從東京出發，兩、三個小時能到的地方吧。山上的溫泉不錯。」

「別高興得太早。那女的，還沒到東京車站呢。」

「出發的前一天，我像是在開玩笑地約她，心想她不太可能會來，仍舊半信半疑地前往東京車站看看。如果她沒來。就我一個人去吧，不過，還是等到了最後五分鐘。」

「行李咧？」

「一個小皮箱。就在離兩點鐘還差五分的千鈞一髮之際，我忽然回頭。」

「那女的笑著站在那裡。」

「不，她沒有笑。表情一臉嚴肅，小聲地對我說，我來遲了。」

「她不發一語地幫你提行李。」

「不，不需要麻煩。我直截了當拒絕她。」

「是藍色的車票嗎？」

「不曉得是一等車，還是三等車。應該是，三等車吧。」

「搭上火車。」

「我邀那女的前往餐車的車廂，桌上鋪的白布、桌上的草花，以及窗外流逝的風景，沒什麼不愉快的。我一個人茫然地喝著啤酒。」

「你也邀她喝一杯啤酒。」

「不，我沒邀她。我請她喝蘋果西打。」

「夏天嗎？」

「不，是秋天。」

「就這樣一直傻傻地坐著嗎？」

「我向她說謝謝。這句話連聽在我耳裡都覺得很誠懇。然後獨自一個人陶醉地坐在那裡。」

「到了旅社。已經傍晚了吧。」

「就在打算要入浴的時候，重頭戲來了。」

「當然不能一起？這該如何是好？」

「怎麼樣也不可能一起入浴。我只好先洗，泡完澡之後，回到房間。那女的，正要換浴袍。」

「我先來說說看。要是說錯了，你得跟我說。我大致上可以猜測到八、九成。你坐在房間外面走廊的藤椅上，抽著香菸。抽的是狠下心買的駱駝牌香菸，看著夕陽照在滿山紅葉上。過了一會兒，女的從浴場回來了，把手巾攤開來晾在外面走廊的欄杆上，然後悄悄站在你身後，溫順地陪著你一起看同樣的風景。她想從相同的動作中去體會你所感受到的那份美感，如此持續了五分鐘。」

「不，一分鐘就夠了。五分鐘的話，氣氛會很僵。」

「晚餐送來了。裡面有附酒，要喝嗎？」

「先等一下。除了在東京車站，女的說了一句『我來遲了』，之後什麼也沒說。應該要讓她再多說幾句。」

「不行，在這裡要是亂說話，就前功盡棄了。」

「這樣啊。那麼，默默地進入客房，兩人在伙食前並排坐著，這樣感覺很奇怪吶。」

「一點也不會。你和女侍先說點什麼，那不就得了。」

「不，不是這樣。女侍被她請回去了。她低聲且清楚地對她說：我來就好。突然冒出了這句話。」

「原來如此，是如此體貼的女人啊。」

「然後，像男孩一樣笨手笨腳地爲我斟酒。一本正經的模樣。之後她左手提著酒壺，把晚報攤在榻榻米上，右手扶著榻榻米，在那裡看著晚報。」

「晚報上刊載了加茂川氾濫的消息。」

「不對。這裡需要一點時代的色彩來點綴。動物園失火的報導比較好，將近有一百隻猴子在籠子裡被活活燒死。」

「實在太悲慘了。還是讀一讀明日運勢那一版不是比較自然？」

「我把酒放下，跟她說吃飯吧。然後兩個人一起吃。還有附炒蛋，才不會太寒酸。我突然想起一事，丟下筷子，朝向書桌，從皮箱內取出稿紙，馬上就動筆在稿紙上沙沙沙沙地寫起來。」

「那是什麼意思？」

「這是我的致命傷。如果不裝模作樣一番，我不知該如何才能下得了台。像是業障之類的東西吧。我感到心情鬱悶到了極點。」

「開始感到手足無措了。」

「沒有什麼好寫的，只好把《伊呂波歌》[4]四十七個字依序寫上去。一遍又一遍不

4 《伊呂波歌》為平安時代末期在坊間傳頌的一首詩，使用的假名不得重複，後來演變成現今日本和歌七五調的音律，合計有四十七個字，全文如下：いろはにほへと ちりぬるを わかよたれそ つねならむ うゐのおくやま けふこえて あさきゆめみし ゑひもせすん，翻成中文是「花開芬芳終凋落，誰人世間能長久，今日攀越高山嶺，醉生夢死不再有。」成詩的概念源自《涅槃經》一首佛偈：「諸行無常，是生滅法，生滅滅己，寂滅為樂。」

停反覆地抄寫，一邊對女的說，我臨時想起一件很急的工作，我想在還沒忘記前先整理一下，這段時間妳不妨去鎮上四處逛逛。這裡很安靜，是個不錯的小鎮。」

「氣氛已經破壞掉了。也沒辦法啊。她應了一聲，於是換好衣服走出房間。」

「我馬上把紙筆一丟，躺在榻榻米上，神色倉皇地張望四周。」

「看到晚報的運勢欄，上面寫著，一白水星、外出旅行不宜。」

「點起一支三錢的駱駝牌香菸，稍微有點奢侈的幸福感。覺得自己變可愛了。」

「這時女侍悄悄地走進來，問我：『要鋪幾張床？』」

「我從地板上跳起來，愉快地回答她：『兩張。』才說完突然很想喝酒，但我忍著不喝。」

「差不多該叫她回來了。」

「還沒，眼看著女侍走遠，我開始做一件奇怪的事。」

「該不會是想逃走吧。」

「是數錢。十圓紙鈔有三張，零錢有兩、三圓。」

「應該夠用。等她回來的時候，再裝作在工作的樣子。」

「是不是回來得太早？」她低聲地問，多少有些緊張。

「先不要回答，一邊寫稿一邊對她說：『別管我，妳先去睡吧。』要帶點命令。花開芬芳……我在稿紙上一個字一個字地抄寫著。」

「她在背後說：『我先睡了。』」

「寫好終凋落，又寫了醉生夢死。然後把稿紙給撕破。」

「你簡直快瘋了。」

「我束手無策啊。」

「還不去睡嗎？」

「我要去澡堂。」

「因爲感覺有點冷了。」

「才不是。是因爲感到有些心慌意亂。在澡堂像個白痴泡了將近一個小時，從水裡爬出來的時候，全身冒著蒸氣，就好像幽靈一樣。回到房裡，女的已經睡了。枕邊的紙檯燈依然亮著。」

「那女的，已經睡了嗎？」

「還沒睡，眼睛大大地睜著。臉色蒼白，緊閉著唇，看著天花板。我吞了安眠藥之後，又鑽回被窩裡。」

「她的被窩？」

「不是啦——才睡下去五分鐘，我忽然起身，不，是從床上躍起來。」

「眼眶含著淚？」

「不，是生氣。我站起來，瞄著那女的方向。她的身體變得僵硬，縮在被窩底下。我看見她那副模樣，感到心滿意足。於是從皮箱中取出荷風[5]寫的那本《冷笑》，又鑽回到被窩裡。然後背對著那女的，心無旁鶩地讀著那本書。」

「荷風不會太陳腐了嗎？」

「不然換《聖經》好了。」

「你的心情我很能理解呢。」

「乾脆來點通俗讀本你覺得怎樣？」

「你有所不知，這本書很重要的喲。再好好想想吧。怪談之類的書也不錯。想不出來是嗎？巴斯卡[6]的《沉思錄》也不錯，佐藤春夫[7]的詩集太現代了，似乎有什麼暗示性的意味？」

「有了，我唯一的一本創作集。」

「這時候，氣氛變得很沉重。」

「從序文開始讀。來來回回地一直讀。但我心中只有一個聲音，神啊！快救救我吧！」

「那女的有丈夫了嗎？」

「背後似乎有流水聲傳來。令人毛骨悚然。聲音雖然很細微，但感覺我的脊柱好像快燒起來。女的則是用很小的動作翻了個身。」

「所以說，到底發生了什麼事？」

「我對她說，我們一起死吧。女的也答應了……」

「夠了。這不是幻想！」

客人的推測很正確。就在那之後的次日下午，我和那女孩一起殉情。她既不是藝妓，也不是畫家，而是從小在我家幫忙，家境清寒的女傭。

5 永井荷風，日本唯美主義文學大師。

6 巴斯卡（Blaise Pascal），法國數學家、物理學家和哲學家。著作《沉思錄》深刻影響後世的浪漫主義、直覺主義與存在主義。

7 佐藤春夫，日本小說家、詩人。

女孩只不過翻個身，就這樣被殺了。我卻幸運逃過一劫。這已經是七年前的事了，

而我至今依然還活著。

輯三　人間道

人的一生，
就是在愛恨中承受痛苦的糾纏。

女尼

這是發生在九月二十九日深夜的事。只要再忍耐一天，就進入十月了，我打著如意算盤，到時候去當鋪又可以多賺一個月的利息錢，我連菸草也沒抽，睡了一整天，滿心期待著明天的到來。由於白天睡太多，以至於晚上睡不著。到了夜間差不多十一點半的時候，房間的拉門突然嘎嘎作響，原本以爲大概是風吹的吧，過了一會兒，又開始嘎嘎作響。咦，心想該不會有誰在那裡吧，我從棉被探出半個身子，伸出手去開拉門，赫然發現一位年輕的女尼站在那裡。

是一位中等身材略顯嬌小的女尼。頭頂青楞楞的，整張臉好似鵝蛋的形狀。臉頰略黑，透著粉嫩的顏色。眉毛是地藏菩薩那兩道新月眉，眼睛像鈴噹一樣又大又閃亮，睫毛很長。鼻子長得十分小巧卻很厚實，薄紅色的雙唇有點大，微微張開，露出紙片般的縫隙，白皙的牙齒清楚可見。下唇比上唇略顯突出。墨染的僧衣似乎漿過似的，縐褶的部分又直又挺，不過下襬長度稍嫌短了些。使得腳大約有三寸露在外面，圓滾滾如皮球的粉紅色小腿肚上還長著細細的汗毛，腳踝上緊緊套著一雙明顯過短的白襪子，以至於中間看起來特別細。右手握著藍玉的念珠，左手拿著一本紅色封面的細長書本。

我以爲是妹妹，隨口說了聲「請進」。女尼便進入我的房間，安靜關上身後的拉門，硬梆梆的綿質僧衣在地板上發出沙沙的聲響，她走到我的枕邊，接著規矩地坐了下來。我從棉被裡鑽出來仰躺著觀察女尼的臉龐，在毫無預警的情況下，一陣強烈的恐怖感襲上心頭，嚇得我暫時停止呼吸，眼前一片黑暗。

「確實長得很像，不過妳不是我妹妹對吧？」其實打從一開始我就沒有妹妹，那時候我才意識到這件事。

「那妳到底是誰？」

女尼回答道：

「我似乎弄錯了房子，眞是沒辦法，房子長得都一模一樣。」

恐怖感逐漸消失。我看著女尼的手，指甲長約二分，指節又黑又乾枯。

「妳的手爲何這麼髒呢？我這樣躺著一邊看著妳，妳的喉嚨那些部位明明很乾淨啊。」

女尼回答道：

「因爲我做了不潔的事。我自己心裡很清楚。所以才會拿念珠和經書來掩飾。我是爲了配色才會把念珠和經書帶在身上行走。黑色僧衣搭配藍紅兩色十分醒目，更能襯托出我的氣質。」

一邊這樣說著，女尼一邊翻閱經書的頁面說著：「我來讀讀看吧。」

「嗯。」我閉上眼睛。

「經上這麼寫：夫觀人間浮生相，皆屬無常相，人終其一生不外乎生老病死，如夢似幻……念起來有點難爲情，還是念別的好了。夫身爲女人，有所謂五障三從[1]不得凌駕於男人之上，因此所有的女人……——眞是胡說八道。」

「眞好聽。」我閉著眼睛說道。

「再多念一點吧，我每天生活都過得無聊透頂，假使我對任何生人來訪絲毫不感到驚訝，也不會有好奇心，怎能聽到如此好聽的聲音，雖然我也是那種男人。不過，能像這樣，閉上眼睛輕鬆地和妳對話，實在很高興，妳覺得呢？」

「不會啊，不過這也無可奈何。你喜歡聽童話故事嗎？」

「喜歡啊。」

於是，女尼開始說故事。

「我來說個螃蟹的故事。爲何月夜下的螃蟹瘦巴巴的，那是因爲有一天晚上螃蟹徘徊在沙灘，看見自己醜陋的影子覺得很害怕，整晚難以成眠，於是踉踉蹌蹌地走著。牠懷念起在月光照不到的深海，隨著海水搖曳的昆布森林安睡的場景，甚至還夢見在龍宮的時光。螃蟹被月亮迷惑，一心一意急著爬向沙灘，一到了沙灘，立刻發現自己醜陋的影子，大驚失色，並且相當害怕。這裡有男人，這裡有男人！螃蟹不斷吐著泡沫自言自語地踉蹌地走著。螃蟹的甲殼很容易被敲碎。不，以它的形狀來說，應該是具有被敲碎的可能性。據說螃蟹的甲殼被敲碎時，會發出咔啦咔啦的聲響。從前，在英國有一隻大螃蟹，剛生下來的時候甲殼竟然是紅色的十分美麗。這隻大螃蟹很不幸地甲殼險些被壓碎，也不知道是民眾犯下的罪行，還是自己招致的報應。有一天大螃蟹很無聊地搖晃著白肉外露的甲殼走進了一家咖啡館，有許多小螃蟹早已聚集在煙霧繚繞的咖啡館內，邊抽菸邊聊女人。其中有一隻是法國出生的小螃蟹，用牠澄澈的碧眼盯著那隻大螃蟹瞧。那隻小螃蟹的甲殼有著東洋式暗灰色的格紋交錯，大螃蟹覺得小螃蟹的視線很刺眼，於是悄悄地碎碎念著：『喂，別欺負可憐的螃蟹啊！』比起那隻大螃蟹，這隻小螃蟹的體型很明顯小了許多，根本是不值得一看的貧弱螃蟹，如今忘記了在北方海域的羞辱，爲的只是想要照一照月光。一到了沙灘上，又被嚇到了，眼前的影子，如此扁平而醜陋的影子，這眞的是我自己嗎？我是新男人，讓我看看自己的影子吧！已經快要被壓碎了。

1　五種障礙三種順從，五種障礙指的是：女人不能成為梵天王、帝釋、魔王、轉輪王、佛；三種順從指的是：幼則從父母，少則從夫，老則從子。

我的甲殼眞的這麼難看嗎？眞的如此脆弱嗎？小螃蟹一邊喃喃自語，一邊踉蹌地走著。我眞的有才華嗎？不，不，就算有，也是怪怪的才華，頂多只是謀生技能的才華。你爲了推銷稿件，用什麼方式向編輯亂放電？是這樣，還是那樣，點了眼藥水來製造淚液哭訴，還是威脅恐嚇一番呢？還是穿上高級些的和服吧！別在作品中多加一字一句的註腳。牠一副百無聊賴地這麼說：『如果，不介意的話。』甲殼隱隱作痛，身體的水分好像乾掉了。嗅聞海水的味道是我唯一的嗜好。海潮的香氣散了，啊，我也將隨它消失。還是重回大海吧。潛入海底的深處，好懷念的昆布森林啊。遊牧的魚群。小螃蟹氣喘吁吁地，在沙灘上踉蹌地走著。在海濱的茅草屋稍作休息，又在將要腐爛的漁船陰暗處短暫地休息。這隻螃蟹啊，哪來的螃蟹啊？走遍了各個地方，牠是角鹿之蟹。橫行天下，不知往何處去？……」她就此打住，沒有繼續往下說。

「怎麼了？」我睜開眼睛。

「沒有啊。」女尼安靜地回答。「眞是太可惜了，這是《古事記》裡面的……會遭到報應的。對了，廁所在哪裡？」

「走出這個房間，沿著走廊往右邊一直走，走到盡頭處那間杉板門就是了。」

「一到秋天，女人就會覺得冷。」說完便像是調皮搗蛋的孩子縮著脖子，不停地轉動雙眼。我微微一笑。

女尼從我的房間走出去。我把棉被蓋在頭上思忖著。並不是想著多麼偉大的事，只是像惡棍似的暗自竊喜，這眞是天上掉下來的禮物啊。

女尼似乎有點慌張，腳步匆忙地回到房間，啪一聲把拉門帶上，站著說：

「我該睡了，已經十二點了。你不介意我睡在這裡吧？」

「沒關係。」我回答她。

不管再怎麼貧窮，唯獨棉被一定會買最華麗的，這是我從少年時期以來一直抱持的想法，所以即使像現在來了不速之客要過夜，我也不會有絲毫怠慢。我起身，從自己鋪好的三條墊被中抽出其中一條，鋪在我睡的墊被旁邊。

「這條棉被的花樣好特別，看起來很像玻璃彩繪。」

我原本蓋兩床棉被，現在只蓋一床棉被。

「不用啦，我不需要蓋棉被，我可以直接睡在地板上。」

「這樣啊。」我立刻鑽進我的棉被裡。

女尼把念珠和經書悄悄塞入墊被底下，穿著僧衣直接躺在墊被上頭。

「請仔細看著我的臉。漸漸地我會睡著。然後馬上會開始磨牙，接著如來佛就會駕臨。」

「如來佛？」

「是的，佛祖會來夜遊，每天晚上喔。你不是說覺得無聊嗎？那就仔細看看佛祖的模樣。我是爲了你才事先告知的。」

果然如她所說，話才說完，就聽見對方平緩的呼吸聲，接著聽見尖銳的吱吱聲，房間的拉門嘎嘎作響，我從棉被探出半個身子，伸出手去開拉門，赫然發現如來就在門外。

祂騎在兩尺高的白象身上。白象身上安放著一副發黑生鏽的金馬鞍。如來看上去有點瘦，不，是非常瘦，肋骨一根根清晰可見，宛如百頁窗。祂全身赤裸，腰際纏著破爛不堪的褐色布條，像螳螂一樣細瘦的手腳上沾滿了蜘蛛絲及煤炭。皮膚黝黑，短短的頭髮又紅又捲，臉只有拳頭般大小，鼻子和眼睛全皺成一團，難以分辨清楚。

「是如來佛嗎？」

「是啊。」如來的聲音低沉又沙啞。「實在是逼不得已才現身。」

「味道好臭。」我用力抽動鼻子，味道實在很難聞。伴隨如來出現的同時，我的房間瀰漫著一股莫名的惡臭。

「果然沒錯。因為這隻大象已經死了。雖然放了樟腦丸，還是會有味道。」接著聲音更低沉了。
「現在很難弄到活的白象。」
「普通的大象難道不行嗎？」
「那可不成，這麼一來，可是會破壞如來的形象。說實在的，我也不想以這副德行現身。我是被討厭的傢伙硬拖出來的，聽說佛教變得十分盛行。」
「啊，如來佛，您快點想想辦法吧。我從剛才一直被臭氣薰到快窒息了。」
「眞可憐啊。」接著祂說話有點結巴。
「你或許納悶，我竟然在此現身，是不是很詭異？會不會覺得如來的現身，似乎有點寒酸，請據實以告。」
「不會！相當不錯。我覺得很氣派。」
「喔，是嗎？」如來將身體略往前傾。
「那麼，我就安心了。我從剛才就一直很在意這件事。或許你會以為我是個愛擺架子的人。既然如此，那我就可以安心地回去了。就讓你好好地見識一下如來回駕的氣勢吧！」

話一說完，如來便呵欠一聲，打了個噴嚏。

「這下糟了。」我在心裡如此想著，如來也好、白象也好，彷彿紙落入了水中，全變成透明狀，身體無聲無息地分裂成無數的塵埃，瞬間煙消雲散。

我又鑽進棉被裡觀察女尼的模樣。女尼在熟睡中露出笑容。彷彿不經意顯露的笑容，又像是帶著輕蔑的笑意，又像是無心的笑，又像是官僚的笑，又像是獻媚的笑，又像是破涕爲笑。女尼不停地笑著。笑著笑著，她的身體逐漸變小，隨著宛如流水般的聲音，女尼變成了一尊兩寸高的人偶。我伸出一隻手，抓起那個人偶，仔細察看。略黑的臉頰凝結著笑容，如雨滴般的嘴唇依然淺紅，如芥子種籽的白齒整齊排列著。如細雪般小巧的雙手有點黑，如松葉般細長的雙腳套著如米粒般的白襪子。我試著在墨染的僧衣衣角，輕輕吹了一口氣。

清貧譚

以下所記述的故事，本是《聊齋誌異》當中的一篇，原文有一千八百三十四字。若寫在我們平常用的四百字原稿用紙上，只夠填滿四張半，算是迷你的極短篇。故事雖短，但在讀的過程中，各式各樣的幻想如泉湧而出，絕不會輸給一篇三十張稿紙左右的短篇傑作，讀來同樣是津津有味。我嘗試寫下那些幻想情節。也許這樣的行爲會被認爲是偏離了寫作的本質而遭人非議，但對我而言，《聊齋誌異》裡的故事與其說是古典文學，毋寧說更近於鄉野傳說。作爲二十世紀新生代作家的我，便以此古老傳說爲骨架，任由不切實際的幻想盡情揮灑，藉以寄託一己之感懷，還大言不慚向讀者宣稱這是創作，而不覺得犯了什麼滔天大罪。想要樹立新的風格，唯有發掘浪漫主義的弦外之音，努力開拓寫作方向，此外無他。

很久以前，在江戶的向島一帶，住著一個叫做馬山才之助，名字平淡無奇的男人，生活過得極爲貧困。三十二歲依舊是個光棍，對菊花如痴如狂，一旦聽聞哪兒有佳苗，不論遠近，必定前去懇求對方割愛給他，就算跋涉千里也甘之如飴，由此可知他是何等的痴狂。某年初秋時分，聽說在伊豆沼津一帶有佳苗，他馬上整理行囊動身出發，越過箱根的山，抵達沼津之後，四面八方尋覓，總算買到了一、兩株珍貴的幼苗。他取出事先準備好的油紙，把幼苗像寶物似的小心翼翼包好，喜孜孜地踏上了歸途。

回程途中，再次行經箱根的山，從山上遠望小田原市的風光一覽無遺，忽然背後傳來啪噠啪噠的馬蹄聲。踩著遲緩的步伐，那聲音既無意向他靠近，也不至於離開太遠，始終隔著一段距離在他身後尾隨著。才之助正因購得佳苗一事得意洋洋，對於馬蹄聲什麼的絲毫不以爲意。然而，過了小田原市，又往前走了兩里、三里、四里，馬蹄聲依舊保持原來的距離，啪噠啪噠地走著。這時候，才之助總算察覺到有些不對勁，回頭一看，只見一位美少年騎了匹奇瘦無比的馬，正走在他身後約莫十間[1]不到的地方。看到才之助回頭，少年似乎對他微微一笑。既然對方釋出善意，他也不好意思裝作沒看到，自顧自地走下去，只好停下來，也對少年報以微笑。少年朝他靠近後下馬說道：

「眞是好天氣。」

「是啊，天氣還不錯。」才之助附和道。

少年又拉起轡繩牽著馬，繼續往前走，才之助也和他併肩同行。仔細端詳少年的模樣，不像是出身於武士之家，不論人品和氣質皆稱得上高尚典雅，服裝也頗有品味，言談不拘小節，態度落落大方。

1 距離的計算單位，一間約一・八一八公尺。

「您是要往江戶去？」聽到他如此親切詢問，才之助也很自然地隨口回應。

「是啊，要回江戶去。」

「原來您是江戶人氏，是從哪兒打道回府？」凡是旅途上的偶遇，總有這樣一番接迎酬答。才之助至此卸下心防，便將此番旅行的目的全部說給少年聽。

少年眼睛突然爲之一亮，便說道：「原來如此，您是愛菊之人，眞是太好了。關於賞菊我也略知一二，想來種苗並無好壞高下之分，全看培育灌溉的方法是否恰到好處。」少年稍微談起了他的栽培方法。對菊花痴迷的才之助，話匣子一開，這下子聊得更起勁了。

「是嗎？我卻以爲優良苗種是必備條件呢，比方說……」藉此機會才之助盡可能展現他對於菊花的淵博知識。少年沒有直接加以反駁，倒是從他不時插進來的簡單提問，隱約展現出對於菊花非比尋常的豐富經驗。才之助愈聊愈覺得沒自信，聊到後來甚至聲音變得有些哽咽。

「我已無話可說，說一堆理論不過是空談罷了，還是讓你親眼見識一下，除此以外沒別的辦法。」

「言之有理。」少年冷靜地點點頭。才之助巴不得拉住對方，說什麼也要讓少年鑑賞一下自己的花園，要聽他發出「啊」一聲的驚嘆，否則實在嚥不下這口氣。

「就這麼辦吧，你看如何？」才之助爲此焦躁不安，方寸盡失。

「等下就請你一同來寒舍小歇如何？只要一眼就好，請務必來看看我種的菊花，千萬別推辭啊。」

少年微笑道：「我們另有要事在身，騰不出空來。實不相瞞，此番江戶之行，不得不趕緊找份差事做做，聊以糊口。」

「那種事，小事一樁啦！」才之助已是騎虎難下。

「先到舍下稍事歇息，之後再找工作也不遲呀。總之，你務必先來鑑賞一下我種的菊花。」

「這下麻煩可大了……」少年斂起笑容，一臉嚴肅地陷入長考。沉默不語地向前走了一會兒。忽然抬起頭來說道：「其實我們是沼津人，陶本三郎是我的名字，早年父母雙雙辭世，只有我和姊姊二人相依爲命。近日家姊突然對沼津心生厭煩，說無論如何想去江戶看一看，便草草收拾身邊的什物，而如今正趕往江戶途中。即使到了江戶，也還未有其他打算。這一路上惶惑不安，實在沒有餘裕去談論菊花的事。我對菊花也不討厭，才會不自覺地多聊了幾句。仔細想想，現在的我們，根本沒有時間精神談什麼菊花。我想就此打住，拜託，請把我忘了吧。那麼，我們就此告別。」少年用哀愁的語氣說道，並以眼神致意，正要跨上馬背之際，才之助緊緊拉住他的衣袖。

「且慢。既是如此，更應該招待你到寒舍一敘。就別再推辭了，我雖然窮困，但照顧你姊弟這點小事還難不倒我。一切交由我來辦！方才你不是說有姊姊同行，那她人呢？」

朝後方一看，這才發現，有位身穿紅色旅裝的姑娘，剛好站在瘦馬的陰影處，才之助不禁漲紅了臉。

才之助的盛情難卻，姊弟二人最後同意先在向島的陋屋住下來，作爲暫時棲身之所。一到才之助的家，眼見家徒四壁，才發現遠比他所形容的還要貧困。姊弟倆不禁面面相覷，嘆了口氣。才之助也不以爲意，連衣服都還沒換下來，便興致勃勃地將姊弟帶到菊花田，自我吹捧誇耀一番。然後又擅作主張要姊弟暫時住在菊花田裡的納屋[2]。由於才之助居住的地方是雜亂不堪的茅草屋，連個立足之地也沒有，納屋倒是比較適合長久住下來。

「姊姊，這可使不得。沒想到我們竟會受這種人款待。」陶本弟弟在納屋一邊解下行囊，一邊對姊姊悄聲私語。

「是啊。」姊姊微笑著，「不過，還是順其自然吧。這裡的院子似乎很大，以後，你就多幫忙種些好菊花，好報答人家的恩情。」

「哎呀，姊姊，妳該不會是想在這裡長住下去吧。」

「沒錯。我很喜歡這兒的環境。」說完，就臉紅了。這位姊姊，年約二十，膚色宛如凝脂白玉，身材穠纖合度。

隔天早上，才之助和陶本弟弟突然發生了口角。原來姊弟倆一路上用來代步輪流騎乘的那匹老瘦馬，昨晚明明還在菊花田的角落栓得好好的，如今卻不見蹤影。今晨，才之助一早醒來，照例先到菊花田探視一番，那時馬已經不在了。而且，田裡面到處可見馬兒踐踏過的痕跡，菊花也被啃得精光，慘不忍睹，才之助心痛不已，放眼望去菊花田已是一片狼藉。才之助不敢置信，連忙去敲納屋的門。弟弟馬上起來應門。

「怎麼了，有什麼事嗎？」

「你來看一看，瞧你們家那匹瘦馬，把我好好的一個菊花田弄得七零八落。我簡直不想活了。」

2 日本人稱用來貯藏工具什物的農舍為納屋。

「原來如此。」少年心平氣和回答他。「那我家的馬兒呢？」

「我才不管馬的死活哩，八成逃走了吧。」

「眞是可惜啊！」

「你說那什麼話？那種瘦巴巴的馬！」

「說牠是瘦馬，太過分了！牠可是匹靈巧的馬。走吧！我們得快點找到牠才行。至於你的菊花田，也沒什麼大不了嘛，就隨它去吧。」

「你剛才說什麼？」才之助臉色發青，氣急敗壞地大吼。

「你這臭小子，竟然敢侮蔑我的菊花田！」

這時候，姊姊從納屋笑盈盈地走出來。

「三郎呀，快向人家道歉。那匹瘦馬沒什麼可惜，是我把牠放走的。先別急著找馬，快去幫忙人家收拾殘破的菊花田才要緊。這不是個報恩的好機會嗎？」

「什麼嘛。」三郎長嘆了一口氣，喃喃自語說道：「該不會妳早已盤算好了？」

弟弟心不甘情不願地開始著手整理菊花田。仔細一看，有些葉子被啃得碎爛，有些被踩在地上。這些瀕臨枯死的菊花經由三郎的手重新栽植，很快又恢復生機，花莖飽含水分，花蕾厚實柔嫩，萎縮的葉子也慢慢有了脈動，堅挺地伸展開來。才之助看得是張口結舌。但他是養菊的名士，也是有自尊的。於是他合攏了長袍袖，強作鎮定冷冷地說道：「那麼，請繼續好好幹活吧！」說完便返回主屋，蓋上棉被裝睡，隨即又起身，從雨窗的縫隙，悄悄地窺看菊花田，菊花幾乎都起死回生，亭亭玉立，迎風搖曳生姿。

這天夜裡，陶本三郎滿心歡喜地來到了主屋。

「我來這裡是爲了今早的事向你致歉。倒是有件事想找你商量，剛才我和姊姊交換了意見。說來有點冒昧，我們知道你日子不怎麼好過，所以我想租下一半的菊田，爲你栽種上等的菊花，然後拿到淺草一帶去兜售，不知你意下如何？但願能爲你種上最好的菊花以表謝忱。」

才之助還在因爲今早三郎栽種菊花一事損及自尊，心情相當惡劣。

「我拒絕。沒想到你也不過是個卑鄙的小人嘛。」

才之助逮著了機會，擺出一副不屑的輕蔑口氣，得理不饒人地說道。

「眞教人意外啊！我原本以爲，你是個愛菊的風雅之士，沒想到你竟然想賣掉我心愛的菊花去換取柴米油鹽，豈不是與販夫走卒無異，對菊花而言等於是羞辱。將敝人高尚的興趣拿去換取金錢，太齷齪了，我拒絕。」簡直像是武士說話的口吻。

三郎聽了一肚子火，語氣也轉爲強硬。

「憑著上天賦予自己的實力賺得柴米油鹽，我不認為是什麼貪圖富貴的惡業。你輕蔑它，認為低俗，實在錯得離譜，一副紈綺子弟的說話口氣，別自以為是了。做人哪，固然不應使用不當手段去追求財富，但過分地誇耀貧窮，也是要不得的。」

「我哪時誇耀自己貧窮了？我是有些祖先留下的遺產，自己一個人生活，綽綽有餘，並不奢望什麼榮華富貴。你少在那邊多管閒事了。」

兩人又開始唇槍舌劍了。

「你這人眞頑固。」

「說我頑固也好，紈綺子弟也罷，我都無所謂。我啊，只願與我心愛的菊花共享喜怒哀樂，甘心過著這樣的生活而已。」

「那好，我明白了。」三郎苦笑著點頭稱是。「對了，還有一件事，想徵得你的同意。在納屋的後方，有一塊十坪左右的空地，只要那塊地就好，可否將它租借給我們？」

「我不是個吝嗇的男人。納屋後方的那塊空地恐怕不敷使用吧？這樣好了，反正菊花田有一半荒廢著，也沒栽種什麼東西。就把那一半借給你們吧！隨你們怎麼利用都行。但是醜話先說在前面，我這個人絕不會跟做菊花生意的卑鄙小人有任何往來，從今天起，咱們各管各的，互不相涉，就把我當作陌生人吧。」

「我懂你的意思了。」三郎不再多說，「就照你的提議吧，那我就租下一半的菊花田。還有件事，你看如何？納屋後方有一些捨棄不用，成堆的碎花苗，可否一併讓給我。」

「這種芝麻綠豆的事，不用向我一一回報。」

於是兩人就這樣不歡而散。到了隔天，才之助還特地把菊花田分割成兩半，在邊界處架起了高高的籬笆，彼此看不見對方，兩家就此絕交了。

終於，到了秋意正濃的時節，才之助的田裡，到處盛開著美麗的菊花，他很在意鄰居的田裡不知狀況怎樣？有一天，他悄悄地透過籬笆的縫隙偷看，不由得大驚失色。生平從未見過如此大朵的菊花，開滿了一整片花田。納屋也重新翻修過，如今看起來已經成了美侖美奐適宜居住的華屋。才之助看了之後，內心五味雜陳，難以平靜下來。很明顯的，在這場暗中較勁的菊花之爭，才之助是徹底地輸了。更何況人家連房子都蓋得那麼漂亮，想必賣掉菊花掙了不少錢。眞是下流！也不知是出於氣憤還是嫉妒，各種複雜的情感在內心激盪，他忍無可忍，決定給對方一點顏色瞧瞧，終於越過了籬笆，闖入隔壁庭院，仔細看著這些菊花，愈看愈覺得一個比一個長得漂亮。花瓣的質地厚實，強而有力地向外伸展，盡情盛開，而且花朵富有彈性，好像輕輕一碰就會微微震動般的，竭盡生命似的綻放著。再仔細一看才發現，這些都是當初自己捨棄在納屋角落那些碎花苗所開出的花朵。

「哇……」他不自覺發出驚訝的聲音。

「歡迎大駕光臨，我們已等候多時。」自背後傳來熟悉的聲音，才之助慌張地回過頭，只見陶本弟弟笑容可掬地站在那裡。

「我輸了！」才之助自暴自棄地大聲說。「我自認做事光明磊落，既然輸了，便要勇於承認失敗。請你收我爲徒弟，過去的事就讓它……」說著，他撫住胸口做了一個向下滑的動作。「就讓它付諸流水吧！只不過……」

「不，還是別再往下說了。我不像您有精神潔癖。正如您推測的，我還是持續做著菊花的買賣，請別因此而輕視我們。不然，我姊姊會一直爲此耿耿於懷。我們也很努力討生活啊。坦白說，我們並不像您繼承了祖產，如果不靠賣菊維生，眞的是只有死路一條，這點還請您多見諒。藉這次的機會，讓我們和好如初吧。」

話一說完，三郎低下頭來，才之助看了於心不忍，便如此說道：

「不，不，被你這麼一說，我也不免感到心痛，其實我並沒有嫌棄你們姊弟倆。再說，從今而後，你就是我的養菊老師，讓我多跟你學習學習。」才之助老老實實向三郎行了個禮。

如此一來，兩人之間暫時和解了，籬笆也拆了下來，兩家又恢復彼此的往來，但有時還是會有些摩擦。

「你能栽培出這麼美的菊花，一定有什麼獨門妙方。」

「沒這回事。在此之前，我已毫無保留將養菊知識全部傳授予您，俗話說得好，師父引進門，修行在個人，其餘的就是指尖的奧祕。對我來說，養菊全憑感覺，要如何把它轉換成語言，我不知道。或許，這就是所謂的天賦吧！」

「言下之意，你是個天才，而我卻是蠢才？不管你怎麼教，我就是學不來。」

「您這樣說，眞傷腦筋。或許該這麼說吧，我栽種菊花，是爲了謀生，萬一種不好沒賣出去，則三餐無以爲繼，我想或許是賭上了性命，花才會開得這麼大。至於您栽培菊花，純屬興趣，是爲了滿足自身的好奇心和虛榮心。自然心態上大不相同。」

「照你的意思，我該改行去賣菊花是嗎？要我做如此下流卑賤之事，不覺得可恥嗎？」

「不，我並沒有這麼說。您這人眞固執，老是這樣不講理。」

就這樣，兩人又鬧不愉快了。相較於才之助的貧困，陶本家則是愈來愈富有。隔年的正月，在未經主人的許可下，姊弟倆找來了木匠，突然蓋起了一棟宅院。這棟宅院的位置緊鄰才之助的茅屋，幾乎相連在一起。才之助見到這番情景，不免又興起和陶本家絕交的念頭。

有一天，三郎以認眞的表情登門拜訪，對才之助說：「請您與家姊結婚。」似乎經歷了一番深思熟慮的口吻如此說道。

才之助聽完，臉頰立刻紅了起來。記得初次瞥見到她，那溫柔清純的氣質，時常念念不忘。卻因爲男人的自尊心，兩人又無緣無故吵了起來。

「我窮得要命，連聘金也沒有，沒資格娶老婆。你們現在可是大戶人家了，我哪兒高攀得上。」才之助又在挖苦三郎了。

「不，所有的東西，都是屬於您的，家姊早就盤算好了。不需要什麼聘禮。只要您願意搬來我們家就行了。家姊一直愛慕著您。」

這豈不是以小人之心度君子之腹？才之助極力掩飾自己的狼狽。

「這件事就別再提了。我也有自己的房子，想要我入贅，門都沒有。我也老實地告訴你，其實我不討厭妳姊姊，哈哈哈哈。」他看似豪邁大笑幾聲，「但入贅這種事，對男人而言是奇恥大辱，所以我拒絕。回去請轉告妳姊姊，如果不嫌棄清貧的生活，我隨時歡迎。」

兩人之間的對話又以爭吵收場。然而這天夜裡，忽然有隻白色柔弱的蝴蝶乘著風，悄無聲息地潛入才之助髒兮兮的臥室。

「我並不討厭清貧的生活喲！」說完，便嗤嗤笑著。姑娘的名字叫做黃英。

於是，才之助和黃英在茅屋住了一陣子，彼此相安無事，但黃英開始在茅屋的牆上挖出了一個洞，並在緊鄰的陶本家外牆上也鑿穿了一個洞，這麼一來，便可在兩家之間自由進出。一些生活上的必需品，她陸續從原本的家中搬過來，看在才之助眼中，心裡面很不是滋味。

「眞傷腦筋！妳看看，這個火爐，還有這個花瓶，哪樣不是從娘家搬過來的？做丈夫的用妻子娘家的東西，叫我面子往哪裡擱？以後不許妳再回去拿東西了！」才之助如此斥責妻子，黃英總是笑臉以對，依舊三不五時回家拿東西。自命清高的才之助迫不得已，只好做了一本大帳簿，逐條記下黃英從娘家搬過來的物品，並寫上：「左記物品暫時寄存予以保管」等字樣。然而，至今放眼望去，家中的物品全是黃英帶來的，沒有一樣是自己的，要是一項項逐條記載，恐怕再多帳簿也不夠寫，才之助終於絕望了。

「託妳的福，我總算成了吃軟飯的丈夫，就像是仰仗著老婆的庇蔭享受富裕生活一樣，這是身爲男人最不名譽的事。我廉潔自守了三十年的清貧生活，就因爲你們的介入被破壞殆盡。」某個夜裡，才之助又深深地感嘆，並對妻子大發牢騷。

連平日溫柔的黃英，也難得地露出了哀愁的表情。

「也許都是我的錯，但我一心只想要報答你，才會如此用心良苦地爲你打點生活上的一切，卻沒想到你是如此有志於清貧的廉潔之士。既然如此，不如賣掉我新建好的房子以及所有家當，賣掉所換得的錢，任你自由去揮霍！」

「別說傻話了，我怎麼可能拿那些不乾不淨的錢！」

「那你要我怎麼做才好？」黃英掩面哭泣，「三郎爲了報答你的恩情，每天那麼努力地栽種菊花，又挨家挨戶去送花苗拼命掙錢。到底該怎麼做才能讓你稱心如意呢？你和我之間的想法，實在是天差地別。」

「除了分開，也沒別的辦法。」爲了維護顏面隨意脫口而出的話，讓事情演變至這步田地，才之助不得已說出言不由衷的重話：「清者自清，濁者自濁，這是我的生存之道。我沒有權利對別人發號施令，所以，我會從這個家搬出去住。明天起我會在庭院角落搭起小屋，享受我以前清貧的起居生活。」

話愈說愈離譜了，然而君子一言，駟馬難追。隔天清晨，才之助立馬在庭院一隅搭建了一坪左右的小屋，端坐在地板上，因寒冷而直打哆嗦。可是，才過了兩晚清貧生活，他已耐不住天寒地凍。終於在第三天晚上，主屋的雨窗有輕扣的聲響，他隔著雨窗的細縫朝內看，只見黃英白皙的臉龐露出了笑容。

「你的清廉潔癖，也會有撐不去的時候呢。」

才之助深感羞愧，自此以後，不再做無謂的堅持了。當墨堤邊的櫻花初綻之時，陶本家的大宅院也已竣工，並且和才之助原本的茅屋緊密相連，兩家之間已沒有區別。對於這些事，才之助從不過問，將一切全權交由陶本家的姊弟去處理，自己則是經常和鄰居下將棋[3]。某日，一家三人外出去墨堤賞櫻，找到不錯的地點坐下來，才之助打開重箱[4]，拿起帶來的酒開始喝起來。向三郎勸酒時，儘管姊姊以眼神示意，三郎依然毫不在意接下酒杯。

3 日本固有的傳統棋藝。
4 即盛食物用的多層方木盒。

「姊姊，就讓我痛快地喝吧。現在家裡已經夠富裕了，即便我不在了，也足夠姊姊和姊夫一輩子悠哉過日子，不會有什麼後顧之憂。坦白說，我已經厭倦了每天栽種菊花的生活。」說完這番奇妙的話，三郎便肆無忌憚地豪飲，終於喝到不省人事，一倒下就睡著了。眼看著三郎的身體開始逐漸融化，最後化爲一縷輕煙，在空中緩緩飄散，只留下他的衣物和草鞋。才之助驚愕不已，他小心翼翼抱起了衣物，看見地上出現一株水嫩的菊苗。他才領悟到陶本姊弟並非一般人，乃是傳說中的菊精。然而，出於對他們的才能與情感的敬佩之心，才之助不但沒有嫌惡，反而對悲傷的菊花精黃英疼愛有加。而那株三郎化身的菊苗，則是移植到自己的庭院裡，每到了秋天花開時，只見花瓣呈淡紅色，在菊花田裡特別醒目，湊近一聞，酒的芳香立即撲鼻而來。至於黃英後來如何呢？在原文上記載：「黃英終老，亦無他異。」也就是說，她始終保持著普通女人的形態沒有任何改變。

竹青

很久以前，湖南的某郡邑，有個名叫魚容的窮書生。不曉得什麼原因，自古以來，舉凡故事裡出現的書生大抵都是貧窮的。這個魚容，原本家境還算不錯，人也長得眉清目秀，容姿兼有閑雅之趣，雖不至於讀書成痴，然而自幼聰敏向學，品行端正，一心想朝著功名之路邁進，但不知爲何，總是時運不濟。他的父母很早就離開人世，輾轉於幾個親戚家中被撫養長大，家財早就被瓜分得一乾二淨，如今親戚們嫌他是個累贅，只會給家裡添麻煩。其中，有個愛喝酒的伯父在喝得爛醉之餘，一時興起，硬把家中一個又黑又瘦一字不識的婢女嫁給他作媳婦，還旁若無人擅自作主說：「你們倆結婚吧，此乃天賜良緣。」魚容雖不情願，但礙於伯父對他有養育之恩，有道是「親恩深似海」，對於醉漢無禮的安排，魚容只好忍氣吞聲，帶著滿腹的辛酸，迎娶這個比他年長兩歲又黑又瘦的醜女進門。這女人長相奇醜無比不說，心地也不善良，還有傳聞說她其實是伯父的小妾。魚容的學問在她眼裡根本一文不値，當她聽到魚容喃喃讀著「大學之道止於至善」，隨即嗤之以鼻說道：「比起什麼止於至善，你應該多花點時間想想錢從哪裡來，不要老是讓人家請客吃飯。」接著又用很不耐煩的語氣說道：「麻煩你把這裡的衣物全部拿去洗，你好歹也該幫忙做點家事吧。」她瞪著魚容並隨手把髒兮兮的貼身衣物扔給了他。魚容無奈地抱著髒衣服來到河邊，小聲地低吟著唐詩：「馬嘶白日暮，劍鳴秋氣來。」他一邊洗衣服，一邊感嘆自己的命運，活在世上一點樂趣也沒有，雖然身在故鄉，卻心境渺茫，一副宛如天涯孤客般愁苦、寂寞的模樣，兀自徘徊在河原上。

魚容心裡盤算著，若是長此以往，又怎對得起列祖列宗。想想自己差不多已近三十而立之年，何不奮發一搏，取得大大的功名。於是，他先回家把老婆狠狠揍了一頓，然後帶著滿滿的自信去參加鄉試，大概是長久以來窮苦日子過慣了，肚子餓得難受，筆試應答亂無章法，想當然耳必定是名落孫山。就在他返回故鄉的途中，不禁悲從中來，又加上腹中饑腸轆轆，腳也走不動了。這時候正好路過洞庭湖畔的吳王廟，魚容爬上了簷廊，身體便已疲累不堪，隨即撲通一聲倒在地上。

他仰天長嘆：「啊，人世間，只不過是讓人受苦的地方罷了。吾人自幼獨善其身，研究古聖賢之道，學而時習之，雖然沒有朋友自遠方來，但吾人每日每夜，忍受著常人難忍的屈辱，打起精神來參加鄉試，可惜卻失敗了，難道世上只有那些厚臉皮的惡人能作威作福，像吾人這般柔弱的窮書生只能當永遠的敗者，受盡眾人的嘲笑嗎？揍了老婆一拳爽快地離家固然是好，但是落了第回到家中，不知道會被老婆罵成什麼德行？唉，活著這麼痛苦，不如死了算了！」由於極度的疲勞，魚容開始陷入意識模糊的狀態，做出了學習君子之道者不該有的行為，他不斷地口出惡言，詛咒這個世間，並感嘆自己不幸的遭遇，當他的眼睛瞇成一線仰望天上飛過的一大群烏鴉，便小聲地說：「烏鴉沒有貧富之分，眞是幸福啊！」說完，就閉上了眼睛。

這間位於湖畔的吳王廟，供奉三國時代吳國的將軍甘寧，當作是水路的守護神祭祀，人們尊稱他爲吳王，因爲相當靈驗，所以湖上往來的船隻經過這間廟前，船夫必定會恭敬地禮拜。廟旁的樹林裡棲息了數百隻烏鴉，一看見有船靠過來，便會一齊飛出，發出嘶啞的聒噪聲，繞著船桅來回飛舞，船夫們將牠們視爲吳王的差使，所以相當尊敬牠們，還會丟羊肉片給牠們吃，烏鴉一看見有肉可吃，便會立刻飛過來啣走肉片，從來沒有失敗過。身爲落第書生的魚容，看見這一大群烏鴉在空中愉快地飛舞，內心十分羨慕，並用哀傷的語氣喃喃自語：「烏鴉們眞是幸福啊！」就在半夢半醒之間，出現了一位穿著黑衣的男子對他說：「喂喂，快醒醒！」

魚容以爲自己還在做夢，迷迷糊糊地回答對方：「啊，眞是抱歉，請不要生氣，我不是什麼可疑的人，請讓我在此多睡一會兒，拜託你，請不要生氣。」因爲他小時候經常被人責罵，生性特別怯懦，所以只要見到了人，就會下意識以爲對方要責罵他。這時，他一邊像是說著夢話似的，連連說著：「抱歉抱歉。」一邊翻過身去，然後閉上了眼睛。

「我不是要罵你。」黑衣男子用沙啞到不可思議的聲音對他說：「吳王吩咐，既然你那麼討厭人世，羨慕烏鴉的生活，正好，現在黑衣隊裡欠缺一人，由你來遞補，快來穿上這件黑衣吧！」說完，對方就把薄薄的黑衣輕輕披在躺著的魚容身上。

轉眼之間，魚容化作一隻公烏鴉。他眨巴眨巴張開眼睛，站起身來，好端端地站在簷廊的欄干上，用他的嘴整理自己的羽毛，並展開羽翼顫巍巍地起飛，正好飛到了一艘往來於湖畔、沐浴在夕陽下的船隻上頭。他混在一大群嘈雜著正在搶食肉片的數百隻神烏當中，忽而往右忽而往左，很熟練地叼走船夫扔上來的肉片，馬上感受到此生從未有過的飽足感。他飛回岸邊，停靠在樹梢上，用鳥嘴摩擦樹枝，眺望著洞庭湖面粼粼波光閃耀著金黃色的夕陽，如坦蕩蕩的君子般吟出令人感懷的詩句「秋風飄飛，浪花千片黃」。

「你好，請問還滿意嗎？」耳邊響起嬌豔的女聲，仔細一瞧，原來是一隻母烏鴉站在同一根樹枝上，向魚容搭話。

「不好意思，」魚容對她作揖行禮，「因爲離開了塵世，感覺身體特別輕盈，請不要生我的氣。」魚容又不小心說出了口頭禪，在語尾多加了一句。

「你說的，我都明白。」母烏鴉平靜地說著：「不好意思，先前讓你受苦了，我也感同身受，今後請放心，我會陪在你身旁。」

「冒昧請教一下，請問妳是哪位？」

「啊，我今後就隨侍在側，有事儘管吩咐我，要我做任何事都行，你只要這樣想就可以了。還是說，你不願意呢？」

「不是的，」魚容感到一臉狼狽，無地自容地說道：「我家中還有老婆，君子不能心懷邪念，莫非妳是想要誘惑我步入邪道？」

「太過分了，我豈是你以爲的那種輕浮、好色的女子來向你搭話？還不是吳王大人一番好意，爲了要慰勞你才派我來的。你現在已經不是人類了，還說什麼老婆，快點把她忘掉吧！你的妻子或許很溫柔，但我也不會輸給她，我會盡全力地照顧你，很快你就會看到烏鴉的操守比人更正直。或許你不願意，從今以後，請讓我陪在你身旁，還有，我的名字叫做竹青。」

魚容被竹青眞摯的情意打動了。

「謝謝妳，其實我在人間遭逢許多艱難，所以疑神疑鬼的，妳的好意我心領了，眞的無法接受，實在很抱歉。」

「啊，快別這麼說，感覺好彆扭。不如這樣吧，從今天起，你就把我當作你的人吧。相公，用餐之後要不要稍微散散步呢？」

「嗯，」魚容點了點頭說「請帶路吧！」

「那麼，請跟我來。」說完，竹青隨即振翅而飛。

秋風嫋嫋輕撫羽翼，眼下是煙波浩渺的洞庭湖，遠眺可以看見岳陽城的屋瓦，在落日的輝映下，格外絢爛奪目，再轉眼遙望，君山猶如湘君的面容在洞庭湖這面玉鏡上描出的一點翠黛。身穿黑衣的新婚夫婦，啞然地叫著，一前一後無憂無懼地自由自在飛翔，飛累了就在歸船的桅桿上斂起翅膀歇息，或相視而笑。夕陽終於落下，他們共賞洞庭湖上皎潔的秋月，一邊飄飄然地歸巢，彼此羽翼交疊，依偎而眠。到了早上，兩隻烏鴉一齊用洞庭湖的水沐浴漱口，如果看見船靠近岸邊，就一齊飛向船邊，享用船夫們提供的早餐。竹青嫁作新婦，依然很害羞，她如影隨形地陪伴在魚容身邊，溫柔地照顧他，而身爲落第書生的魚容心想，總算可以一掃這大半生的不幸。

這天下午，一艘滿載著士兵的大船向著那邊駛來，自以爲已融入吳王廟神烏群之中的魚容，有恃無恐地在船的上空飛翔，烏鴉伙伴大聲嚷著，那裡危險快逃！竹青也急得大叫，警告魚容要當心！但魚容絲毫不以爲意，能夠成爲神烏自由地飛翔，喜不自勝的他，得意忘形地在滿載士兵的船上方來回盤旋，這時候一名士兵惡作劇似的舉起了弓，朝魚容射了一箭，咻的一聲，箭矢貫穿了他的胸部。正當魚容如落石下墜之際，竹青閃電般迅速飛過來啣住魚容的翅膀，騰空飛起，把瀕死的魚容帶到了吳王廟的簷廊，讓他先躺下來，一邊流著淚一邊照料著他。但傷勢實在太嚴重了，竹青眼見魚容就要回天乏術了，便高聲地發出一聲慘叫，聚集了數百位同伴，一齊飛向滿載士兵的船隻攻擊他們。拍翅聲響徹雲霄十分驚人，並用力拍打湖面，激起大浪，瞬間使軍船翻覆，替魚容報了一箭之仇，大群的烏鴉震撼了整個湖面，大聲唱起凱旋之歌。竹青則是忙不迭地返回魚容身邊，把嘴靠在魚容的臉頰上，貼近他的耳畔哀慟地說著：「你聽見了嗎？同伴們正為你唱著凱旋之歌。」

魚容因為傷得很重，奄奄一息，在差不多快要斷氣之際，已經看不清的雙眼勉強張開一道小縫，他小聲地喚著「竹青」，忽然間眼睛睜開來，宛如大夢初醒，發覺自己又恢復人的模樣，還是從前那個窮書生，好端端地躺在吳王廟的簷廊下。斜陽紅紅的餘暉從眼前的楓林照進來，那裡有數百隻烏鴉在林間肆無忌憚地嬉鬧鳴叫著。

「你醒來啦？」一位農夫打扮的老先生站在魚容身邊笑著問他。

「請問你是哪位？」

「老夫是住這裡的農夫，昨天傍晚途經這裡，看見你像是死了似的熟睡著，臉上還不時微笑著，老夫無論怎樣大聲叫你都叫不醒，抓著你的肩膀想把你搖醒，你還是照樣熟睡。於是老夫就先回家去，但還是很擔心，所以又回來看看你的狀況，一直等到你清醒過來。看起來，你臉色不太好，是不是哪裡生病了？」

「不是的，我沒有生病。」奇妙的是，肚子竟然一點也不餓。「不好意思。」魚容又犯了道歉癖，坐起身來恭敬地向農夫行禮。

「說來眞是慚愧……」魚容開始將爲何會倒在吳王廟的簷廊下，以及後來發生的事情經過，一五一十地說給農夫聽，最後又補了一句「不好意思」。

農夫聽了他的遭遇，很可憐他，於是從懷中取出荷包，分了一些盤纏交給魚容。

「俗話說：人間萬事塞翁之馬[1]。打起精神來，準備東山再起吧。人生七十年，各式各樣形形色色的事都遇得到。人情反覆無常，就好像洞庭湖的波濤一樣啊。」農夫說完，便瀟灑地離去。

魚容以爲自己還在做夢，呆呆地坐在原地，目送農夫遠去。他回過頭來，看著楓樹林的枝椏上棲息著一大群烏鴉。魚容大叫著「竹青！」烏鴉受到驚嚇一鬨而散，在魚容

1 日本俗諺，意思是人世間萬事萬物猶如塞翁失馬的故事，福禍相倚，有時候遭遇患難，反而會因禍得福。

的頭頂上大聲鳴叫著，盤旋一陣之後，便朝著湖的方向急忙飛走，四周突然安靜下來，彷彿什麼事也不曾發生過。

果然，是個夢啊，魚容一臉悲戚地搖著頭，嘆了好大一口氣，有氣無力地朝著家鄉的方向邁開了腳步。

故鄉的人們看見魚容歸來，並沒有露出特別高興的表情，冷酷的妻子更是馬上命令魚容去幫忙搬運當作造景用的庭石。魚容汗流浹背地從河原上又推又拉又扛，把好幾塊的大岩石搬到伯父家中的庭園裡。他想起《論語》裡孔子曾說過：「貧而無怨難」自己則是連連嘆氣，想起在洞庭湖一日夫妻的幸福生活，感到強烈的思慕和懷念，於是又吟了一句「朝聞竹青聲，夕死可矣[2]。」

伯夷叔齊不念舊惡，別人對他們的怨恨就比較少。魚容也是如此，因爲他是個志在君子之道品格高尚的書生，所以對於不近人情的親戚們，也會努力地予以包容，也不會反抗不識一字的老婆，一如以往親近古書，培養閑情逸趣。即便如此，他還是受不了眾人對他的冷言冷語、輕蔑鄙夷的態度，於是，到了第三年的春天，他又揍了老婆一頓，並放話說「你們等著瞧吧！」魚容懷抱凌雲之志，再度前往應試，結果還是榜上無名。眞是個沒出息的傢伙啊！又在歸鄉的途中，走到了朝思暮想的洞庭湖畔，在吳王廟前佇足良久，魚容睹物思情，不禁悲從中來，在廟前嗷嗷放聲大哭，接著從懷中拿出所剩不多的盤纏去買羊肉，撒在廟前供奉神烏，看著從樹上飛下來啄食肉片的群烏，他心想著竹青或許也在他們之中吧。不過，天下的烏鴉一般黑，根本無法分辨是公是母。

「竹青到底是哪一隻呢？」他如此問道，沒有一隻烏鴉轉身回應，所有的烏鴉都專注地拾著肉片，魚容仍不放棄，又對烏鴉們說：

「倘若竹青在這之中，請留到最後。」魚容滿懷著千言萬語的思慕之情說道。地上的肉片幾乎要被吃光了，於是烏鴉們三五成群地飛走了，等到大部分烏鴉都飛走之後，剩下三隻還在找地上殘留的肉片，魚容看著這個光景不免緊張起來，心兒撲通撲通地跳動，掌心也冒汗了，剩下的三隻烏鴉發現地上沒有肉，便毫無戀棧地振翅飛走了。魚容一時之間氣力盡失，感覺頭暈目眩，即便如此，他還是無法離開這地方，便暫時坐在廟廊，眺望著春霞氤氳的湖面嘆氣：「唉，連著兩次落第，我有何顏面回故鄉呢？活著已經沒有價值，聽說從前春秋戰國時代的詩人屈原曾叫著，眾人皆醉我獨醒，然後便投湖自殺了，看來我乾脆也投身在此充滿回憶的洞庭湖，竹青發現我死了還會為我流淚也說

2 改自《論語》，子曰：「朝聞道，夕死可矣。」

不定，眞正愛我的人只有竹青，其餘的人都是可怕的滿腹私慾的牛鬼蛇神。三年前那個老爺爺不是對我說過什麼人間萬事塞翁之馬，想要鼓勵我振作，說的全都是謊言，生來不幸的人，不管過了多久依舊在不幸的深淵裡掙扎，或許這就是所謂的知天命吧！啊，還是一死了之，只要竹青願意爲我流淚就好，我已別無所求。」理應窮究古聖賢之道的魚容也不堪失意的憂愁，他已經有了覺悟，今夜就要葬身於這座湖中。過不久，湖畔已完全暗了下來，一輪明月襯著月暈浮在半空中，只見洞庭湖一片白茫茫，分不清天空與湖水的界線。岸邊平坦的沙洲像白天一樣明亮，而柳枝飽含著湖水的水氣重重地低垂著，可以看見遠處桃花林萬朵桃花盛放，好似花雨繽紛，偶有微風穿過樹林，如天地間的嘆息。多麼寧靜的良夜春宵，一想到這是臨死前的最後風景不禁淚濕衣袖，此時不知從何處傳來猿猴的悲啼，正當魚容內心的愁思到達了頂點，背後忽然響起啪噠啪噠的拍翅聲。

「別來無恙。」

魚容轉過身一看，只見一位明眸皓齒，年方二十的麗人沐浴在月光下，站在那裡對他笑著。

「請問您是哪位？不好意思。」總之，先向對方道歉。

「眞是討厭。」美人輕拍魚容的肩膀，「你把竹青給忘了嗎？」

「竹青！」魚容聽見這名字不禁大叫，馬上站起身來，雖然有點兒躊躇，但又覺得管它的，便上前抱住美人的細肩。「快放開我，呼吸都要停止了。」竹青邊笑邊說，巧妙地從魚容的手臂中逃開，

「我呀，哪兒也不去。這一生都會陪在你的身旁。」

「拜託妳！請陪在我身邊。因爲見不到妳，我本來打算今夜投身此湖尋死，這些日子，妳到底去了哪裡？」

「我在遙遠的漢陽，上次與你分別後，就離開了此地，現在我已是漢水的神烏了。剛才，從吳王廟昔日的友人那兒聽說你在這裡，我立刻從漢陽飛來這裡與你相逢。你喜歡的竹青，現在已經來到你面前了，我不許你再有什麼尋死這種可怕的念頭，你好像有點瘦了，臉色好憔悴。」

「會瘦是必然的，連著二次落第很可悲吧。如果回到故鄉，不曉得又會遭逢怎樣的厄運。我眞的是深惡痛絕地討厭這個世間。」

「那是因爲你一直以爲只有自己的故鄉才叫做人生。其實不用這麼地痛苦，人間到處是青山，書生們不是經常如此歌詠嗎？你啊，乾脆和我一起回漢陽的家。就會知道活

著其實是件好事。」

「漢陽，好遙遠啊。」誰也沒先開口，兩人就這樣併肩走出廟廊，在月下的湖畔盡情地散步。

「古人說，父母在，不遠遊，遊必有方。」魚容一臉正經地回答，像以前一樣，總是喜歡在談話間展現出自己的學問與涵養。

「你在說什麼呢？明明你的父母早已經過世了。」

「咦？妳怎麼知道的，雖然如此，故鄉還是有許多像父母一樣的親戚在那裡。我無論如何，要讓那些人看見我出人頭地的英姿。因爲那些人從以前就把我當作是笨蛋。這樣吧，與其去漢陽，不如妳先和我回一趟故鄉，讓大家看看妳美麗的容顏，肯定會嚇一跳。就這麼決定吧，至少要在他們面前威風一次。若能得到故鄉那些人們的尊敬，便是人間至高的幸福，也是終極的勝利。」

「爲什麼你會這麼在意故鄉人們的看法呢？只顧著博取故鄉人們的尊敬，豈不是鄉愿嗎？《論語》明明白白寫著『鄉愿，德之賊也。』」

魚容被反駁得無話可說，幾乎等於是敗下陣來。

「好吧，我願意去。就帶我去漢陽吧。逝者如斯夫，不舍晝夜。」魚容羞得無地自容，只好唐突地搬弄一些詩句來掩飾內心的不安，又自嘲似的哈哈大笑著。

「你願意來啊？」竹青雀躍不已，「啊啊，我好高興。爲了迎接你的到來，我已經在漢陽的家中做好準備了，現在，請你閉上眼睛。」

魚容照她的話輕輕閉上雙眼，只聽見啪噠啪噠振翅的聲音，接著感覺好像有件薄衣似的東西披在自己的肩上，身體也變輕盈了。睜開眼睛一看，兩人已經變成了公烏鴉和母烏鴉，在月光的照拂下漆黑的羽翼顯得美麗而耀眼，兩隻烏鴉在平坦的沙洲上漫步，一起發出沙啞的叫聲，隨即振翅飛去。

在月下閃耀著銀白的光芒、綿延三千里的長江洸洸洋洋地朝東北方流去，魚容看得如痴如醉。順著河流飛行了大約兩小時，眼看著天將破曉，遙望著前方即是水都漢陽，家家戶戶的屋瓦在朝霧底下靜靜地沉睡。古詩云「晴川歷歷漢陽樹，芳草萋萋鸚鵡洲。」河對岸聳立著黃鶴樓，隔著長江與晴川閣像是兩人互相談起昔日的往事遙相對望，帆影點點匆忙往來於江上，更往前一些可見大別山的高峰，山麓上有水波漫漫的月湖，更北方眼見漢水蜿蜒流向天際，猶如東方的威尼斯，美麗的水上風光盡收眼底。

「日暮鄉關何處是，煙波江上使人愁。」正當魚容陶醉地吟詠著詩句，竹青回頭對他說：「來吧，已經到家了。」她一邊說，一邊在漢水的一處小小的孤洲上悠然地盤旋著。魚容也模仿她的動作，繞著一個大的圓圈飛翔，一邊看見腳下的孤洲，綠楊浸水，芳草如茵。在沙洲的一隅，有個宛如娃娃屋般可愛又精美的樓宇，從裡面走出五、六個看起來豆子一般大小的僕人仰望著天空，揮手表示歡迎魚容的來訪。竹青向魚容使了個眼神，斂起翅膀，一直線飛往樓宇的前方降落，魚容見狀也緊追在後，兩隻烏鴉降落在沙洲上的青草地時，兩人像是一對神仙眷屬，彼此相視而笑，被前來迎接的僕人們簇擁著進入美麗的樓宇之中。竹青牽著魚容的手走到裡面的房間，房間裡光線很暗，桌上的銀燭吐著青煙，垂簾上的金線銀線閃著鈍光，床邊有一張小小的紅色矮桌，上面擺滿了美酒佳肴，似乎在稍早之前就一直等待著客人大駕光臨。

「天還沒亮嗎？」魚容突然冒出這麼一句話。

「哎呀，你眞討厭。」竹青有點臉紅，小聲地說著：「我想燈光暗一點，比較不會害臊嘛。」

「故君子之道，闇然而日章[3]，是嗎？」魚容苦笑，又開始說起無聊的雙關語「可是，古書上不也寫著『素隱行怪』。應該把窗子打開，好好享受一下漢陽春天美麗的景色。」魚容拉開窗簾，推開房間的窗戶，金黃色的晨光立刻流入室內，庭院的桃花繚亂、鶯啼百囀，搔動著耳朵，彼方有漢水被朝陽照耀得水光粼粼隨波蕩漾。

「啊，好美的景色。眞想讓故鄉的老婆也看一眼如此的美景。」魚容隨口說了這麼一句，自己也嚇了一跳。不禁捫心自問，原來我還愛著那個醜哩叭嘰的老婆啊？於是，突然不知爲何，興起了想哭的衝動。

「看來，你還是忘不了自己的妻子。」竹青在一旁語重心長地說著，幽幽地嘆了一口氣。

「不，沒這回事。她從來不曾對我的學問表示敬重，還要我洗她的內衣褲，搬庭院裡的大石頭，而且還被別人說她是我伯父的小妾，根本沒什麼稱得上是優點的地方。」

「你說她一無是處，對你來說，不也是你最珍惜、最懷念的嗎？你的心裡一定是這麼想的，只要是人都有惻隱之心不是嗎？如果能不憎恨、不埋怨、不詛咒自己的妻子，一輩子同甘共苦生活下去，不正是你心目中眞正的理想嗎？請你現在立刻回家鄉去。」竹青一臉嚴肅，斷然地撂下重話。

魚容感到狼狽不堪。

「這也太過分了。是妳誘惑我來到這裡，現在又要趕我回去，眞可惡。說我鄉愿什

3 此句出自《禮記·中庸》，指君子之學為己，故雖隱於表面，無文采可觀，但美於其中，因此日久自然會顯明於外。

麼的來攻擊我，又要我捨棄故鄉的人，難道不是妳嗎？妳簡直就是把我當作猴戲在耍嘛。」魚容惱羞成怒，強力地抗辯。

「其實我是神女。」竹青望著波光粼粼的漢水，以更加嚴厲的口吻說：「你雖然鄉試落第，但在神的考驗裡卻是及第了。是吳王廟的神明吩咐我，要我來仔細地調查一下，測試你是否眞的羨慕當烏鴉的生活？因爲化爲禽獸才感受到眞正的幸福，神明最討厭這種人，爲了好好地懲罰你一次，才讓你中箭受傷，重新返回人類的世界，而你又再度乞求回到烏鴉的世界。所以神明這次讓你遠行，並給予你各式各樣的享樂，來測試你是否會因爲沉醉在快樂裡，而完全忘卻了人類的世界。如果眞的忘卻了，將給予你極嚴重的懲罰，恐怖到我無法說出口的程度。請你回去吧，你已經通過神的考驗，算是及格了。人的一生，就是在愛恨中承受痛苦的糾纏，沒有人能逃出來。只能努力忍耐。雖然做學問也是如此，但盲目地追求遁世的心態也太卑鄙了。請你更積極地愛惜這個俗世、煩惱這個俗世，窮盡一生沉浸在其中吧。神明最愛的還是充滿七情六慾的人，我已經派僕人們爲你準備好一艘船。請你坐這艘船返回你的故鄉吧。再會了。」話一說完，竹青的身影，連同精美的樓宇、庭院忽然都不見了，只剩下魚容獨自茫然地站在河中的孤洲上。

這時候，有一艘既沒有帆也沒有船桅的小船緩緩地靠岸，魚容好像被吸過去似的坐上了那艘小船。說也奇怪，那艘小船便飄然而行，自動地往漢水下游漂流，然後溯過長江，越過了洞庭湖，最後來到了接近魚容故鄉的一處漁村的岸邊，停靠下來。等到魚容上岸以後，那艘無人的小船又自行返回，隨著流水逐漸遠去，隱沒於洞庭湖的煙波之間。

魚容非常頹喪，又膽戰心驚，不敢直接踏進家門，於是從後門外面探頭探腦地往昏暗的裡邊窺看，他的舉動馬上被眼尖的妻子發現。

「哎呀，你可回來啦。」妻子嫣然一笑，沒想到走出來迎接的竟是……再仔細瞧瞧，這不是竹青嗎？魚容的心中又驚又喜。

「什麼！是竹青！」

「你在說什麼啊？你啊，究竟是去了哪裡呢？你不在的時候，我生了一場大病，發了很嚴重的高燒，也沒人來照料我，我一直很想念你。從前老把你當成傻瓜看待，是我的錯，我很後悔，你不知道我等你等得好苦啊！高燒持續不退，在那之間全身都腫了起來，到處是青一塊紫一塊的，也許是因爲我過去那樣粗暴地對待你，而應得的報應吧，所以我決定放棄，平靜地等待死亡的到來。後來腫脹的皮膚破了，流出好多青色的水，接著身體就輕鬆多了，今天早晨拿起鏡子一照，赫然發現我的容貌完全變了，變成這麼漂亮的一張臉。我高興得不得了，生病什麼的全拋到腦後，立刻從床上跳起來，開始在家中進行大掃除，大概有預感你會回來吧？我眞的好開心。請你原諒我。我不只是臉產生變化，全身上下也都變了。而且，我的心也改變了。從前都是我不好，但我過去所做的壞事，如今已隨著那些青色的水流掉了，希望你能不計前嫌，忘掉過去的事，寬恕我所做的一切，全心全意地接納我，我願意一輩子陪在你身旁。」

一年之後，老婆生下一位俊美如玉的男孩。魚容將這孩子取名爲「漢產」，名字的緣由老婆並不清楚，這緣由以及和神烏之間的回憶，魚容當作一生的祕密藏在心裡，絕口不向任何人提起。此外，他向來自誇的「君子之道」此後也絕少掛在嘴邊，魚容默默地過著如往常一般安於貧困的生活，親戚們也像從前一樣瞧不起他，對此他並沒有特別在意，僅以一介凡夫的身分，隱遁於塵俗之中。

＊自註。這是一篇創作。我是爲中國的讀者們而寫，應譯作漢文。

人魚之海

後深草天皇寶治元年三月二十日，津輕的大浦地區開始有人魚漂流而來，其外形大致描述如下：頭上長著如細長海草般茂密的綠色頭髮，臉上帶著美女的哀愁，在眉間有著小小紅色的雞冠，上半身宛如水晶般透明泛著幽藍色的光，乳房如同兩粒南天竺的紅色果實並排貼在胸前，下半身是魚的形狀，上頭有密密麻麻的魚鱗如網狀般排列著，一不留神很容易看成金色的花瓣，尾鰭是金黃色猶如巨大的銀杏葉，其聲音像誘捕雲雀時吹的竹笛聲，清朗而悠揚。雖然是傳說中世間稀有的生物，但據說至今仍有不少像這般奇妙的人魚棲息在遙遠的北極海域。

從前，松前之國[1]的浦奉行[2]名叫中堂金內，是個既勇敢又有膽識且天性耿直的中年武士。有一年冬天，在松前的各個海濱執行巡邏勤務，接近夕暮時分，他走到名爲鮭川的小海灣畔，在那兒尋求便船搭乘，打算在當天之內抵達下個港口。同船有五、六人，北國的冬天難得放晴，他們十分幸運地朝向平靜的海面出航，距離海岸大約八丁的時候，原本平靜無風的海面忽然颳起狂風，整艘船就像樹葉一樣，在洶湧的浪濤裡載浮載沉，船上的乘客個個嚇得面如灰土。有人看起來很不舒服，難過地叫著「再會吧，再會吧，我思慕的人。」有人慌慌張張地從書箱取出《觀音經》，拿反了也渾然未覺，雙手把佛經舉得老高，就這樣攤開來哽咽地念著經文。有人把裝滿酒的葫蘆拉到身邊，拼死命大口喝下去，倘若不把酒通通喝光就算死也死不瞑目，喝到一滴酒也不剩的空葫蘆，成了救生用的浮袋，那人拿起不足五寸的小小葫蘆，意味深長地展示給所有人看。有人可能是基於某種迷信，不斷地用指尖沾著口水塗抹在自己的額頭上。有人焦躁地掏出錢包確認裡頭的金額，喃喃自語地說「少了一兩銀子」，周圍的乘客紛紛投以嫌惡的眼神瞪著那個人。還有的人在這種生命垂危的緊要關頭，毫無意義地大聲嚷嚷著我的腳殘廢了。船上各式各樣的騷動此起彼落，隨著浪頭愈來愈高，船身上下劇烈地震動，如今眾人已耗盡力氣不再喧鬧。船家首先摔倒在船底，聲嘶力竭地哭喊著「饒了我吧」，船上的乘客全都六神無主地哭作一團，只有中堂金內一人，從一開始就背對著船舷盤腿而坐，默默地雙手盤在胸前，直視著前方的動靜，沒多久眼前的海水變成了金色，當他看見五色的水珠噴散的同時，白色的浪濤一分爲二，人魚突然出現了。

牠的外形和傳說中聽聞過的幾乎一樣，牠甩了甩頭，把綠色的頭髮撥到背後，水晶的雙臂在海水划沒兩下，就像蛇一樣極其快速地靠近金內的船，接著張開紅色小嘴，發

1 位於北海道南部的松前藩。

2 掌管濱海事務的行政官，相當於海巡署的署長。

出了一聲清脆的笛音。當牠妨礙了船的行進，金內怒而從行李中取出半弓，口中默念神尊的名號，咻的一聲射出箭，不偏不倚射中了人魚的肩膀，人魚無聲地沉沒在浪濤間，狂風巨浪頃刻間恢復了海面原本的風平浪靜，斜陽和煦地照進船艙裡，船家驚魂未甫地站起身來，怔怔地說著：「該不會是夢吧？」金內並不是那種會輕易地大吹大擂來彰顯自己功勞的武士，他默默地微笑，仍舊和先前一樣雙手盤在胸前倚靠船舷端坐著。船上的乘客皆已面色慘白，有人難爲情地發出尖銳的笑聲，以掩飾內心的恐懼和不安。有人好不容易看開似的把酒一口氣喝光了，現在卻把五寸不到、一滴酒也沒的葫蘆倒過來大力搖晃，如此重複著這愚痴可笑的動作。又有位八十歲的老爺爺，痛苦地叫著留在家中的年輕小妾，一邊說著剛才那樣眞可怕啊，一邊不慌不忙地整理衣領，並做出結論，這必定是傳說中的水龍卷。話說在越中越後一帶的海面上經常可見這樣的水龍卷，尤其是夏天這種現象發生得特別頻繁，一大團烏雲從虛空中下沉，海水宛如被吸上去似的呈現倒逆的渦卷，烏雲和潮水融爲一體化成擎天水柱，定睛一看，那驚人的水柱中龍頭龍尾清晰可見、歷歷在目，就好像妖怪故事集中描述那樣活靈活現。

另外，在別本書上則是記載著，曾有人從江戶搭船航行經過東海道的興津海面上，突然一團烏雲從虛空朝著這艘船飛過來，船家大爲驚駭，眼看著這艘船就要被水龍卷吸捲上去，他急忙削去頭髮點火燃燒，船內所有人也立刻仿效他的做法，紛紛削去頭髮點火燃燒，一時間臭氣衝天，轉眼間烏雲應時消散。船客之中有位禿頭佬一臉嚴肅安靜地撫摸著自己的頭說道：「眞不巧，老朽若是還年輕，剛才必定馬上削去頭髮，絕無二話！」拿著《觀音經》的那位仁兄，一臉痴傻地轉向一旁，附和地說：「咦？這樣啊。」這一切必定是觀音的力量在保佑我們，他低聲地喃喃自道，正當他閉上眼睛默念「南無觀世音大菩薩」佛號時，另一人則是從自己懷中發現了剛才不見的一兩銀子，狂喜地大叫：「啊！錢找到了！」而金內完全不爲所動，只是笑容滿面地看著這一切。不久，船搖搖晃晃地駛入港口，眾人渾然不知拯救自己性命的大恩人就在眼前，很單純地彼此互相道賀一同踏上了陸地。

中堂金內很快地回到了松前城，向他的上司野田武藏詳細地稟報這次在各個海濱巡視的結果，然後放鬆地聊起旅途所見的各式名產，在海上遭遇到人魚的事，也只是淡淡地如實陳述，絲毫沒有額外加油添醋。武藏深知金內爲人耿直的個性，不疑有他，單純地相信金內所描述的有關人魚不可思議的經歷，必定千眞萬確。武藏聞之大喜，拍了一下膝蓋，對金內說道，這是我這陣子以來聽到最稀奇古怪的故事，多虧你的沉著勇武拯救了船上的人倖免於難，我要馬上將此事在殿下御前公開，表彰你的義行。話一說完，金內面紅耳赤，急忙推辭：「且慢且慢，此等分內之事，不足掛齒。」武藏很清楚金內向來不喜邀功，便強力說服他說：「話不能這麼說，這是史無前例的大功勳，這麼一來也能激勵諸侯臣子的後起之秀。」語畢便帶著不知所措的金內，一同前往殿下的御前公開露面，碰巧多位御前重臣都在現場，野田武藏見此光景，精神為之一振，便滔滔不絕地轉述金內在旅途中所發生的奇談，並讚揚他立下了世間難得的功勛，包括殿下為首，在座者皆移膝傾聽武藏的發言。唯獨當中有一人對此不以為然，他的名字叫做青崎百右衛門，父親百之丞是松前的家老，拜其忠勤奉公之庇蔭，父親去世之後，他繼承了相當優渥的俸祿，不用做任何事，卻可以與御前重臣平起平坐，他仗著家世背景好，不時蔑視同輩。雖說前來青崎家中提親者絡繹不絕，其中不乏富家千金、名門閨秀，然而今年四十一歲的他卻仍未娶妻，成天飲酒作樂過著逍遙自在的快活日子。坦白說只要他開個口說想娶媳婦，誰不想把女兒嫁給他呢？雖說這是他自己的傲慢惹來的下場，但畢竟世人無法認同他總是沒事找事地對諸侯臣子冷嘲熱諷。他長得其貌不揚，近乎六尺的身長，極瘦的身形，兩手的手指猶如筆軸般修長，凹陷的小眼露出猥瑣的青光，鼻子是大大的鷹勾鼻，長著一副歪嘴臉斜的模樣，儼然地獄青鬼的樣貌，那些諸侯臣子個個都討厭他。這個百右衛門，武藏的故事還聽不到一半，就發出一陣冷笑，叫道：「喂，玄齋！」他不看場合，就逕自對著坐在末座上的茶坊主玄齋胡亂搭話。

「這事你怎麼看？根本不值一提的故事，竟然還特意向殿下稟告，真是思慮不周啊。世上沒有妖怪，沒有不可思議之事，猴子的臉是紅色的，每條狗都有四隻腳。至於人魚什麼的，不是只有在孩子們的童話故事裡才有嗎？年紀都一大把了，還相信什麼額頭上長著紅色的雞冠，豈不是愚蠢可笑嗎？」接著好像旁若無人似的，語調更加高亢起來。「喂，玄齋！好吧，那個叫什麼人魚的奇怪魚類說是住在北海，又說射中了史無前例的妖怪，在我看來沒有神通力是辦不到的。就憑三腳貓功夫怎麼可能治得了妖怪？鳥有翅膀魚有鰭。飛在天空中的小鳥，你說牠要射中游泳的金魚談何容易啊，更何況想要制伏那種說是上半身宛如水晶般的妖物，若不能將弓矢八幡大菩薩[3]、源賴光[4]、源義綱[5]、鎮西八郎[6]、田原藤太[7]等，這些個力量聚集在一起，擁有如此厲害的本事，想

3 日本武神。
4 日本平安時代中期武將，善射，為人英武，驍勇冠世。
5 日本平安時代末期武將。
6 即源為朝，通稱「鎮西八郎」，為平安時代末期武將，身材魁梧，好用強弓，是著名的弓箭高手。
7 即藤原秀鄉，別名「田原藤太」，是日本平安時代中期武將。

打倒妖物，我看連門都沒有。不，事實勝於雄辯，喏，臣家中庭院的泉水飼養著金魚，這你知道吧。只需要些許淺水就能自由自在搖擺著魚鰭游來游去，前些日子閒得發慌，用雀小弓射了二百支小箭，也沒能射中那隻金魚，想必金內君在海上遭逢突如其來的旋風，驚慌失措之際，射中了漂流的腐木，眞是幸運啊！」

他抓著還搞不清楚狀況，動作扭扭捏捏的茶坊主來到殿下面前，既是嘲諷又是謾罵。野田武藏受不了這番嘲弄，突然用力轉身面朝百右衛門的方向說道：「沒想到閣下知識竟如此淺薄！」平素對於百右衛門蠻橫無理的行爲早就心生不滿，武藏逮著了機會，用咬牙切齒的語調進行反駁：「總之，唯有一知半解的人，才會說什麼世上沒有不可思議之事，沒有妖怪，用那種露骨的說話方式在那邊裝模作樣。日本自古以來就是神國，這是超越常理不可思議的眞實，是顯而易見的存在。拿閣下家中清淺的泉水來比擬實在令人費解。神國三千年，山海萬里之內不乏千奇百態的生物出現，在古代也有不少類似的記載。例如仁德天皇在位時，飛驒地區[8]有一身兩面的人；天武天皇治理天下時，丹波的山家出了長有十二角的牛；文武天皇在位時，慶雲四年六月十五日，有身長八丈寬一丈二尺的一頭三面的惡鬼，遠從異國而來，以上這些例子若能接受的話，這次的人魚，也沒什麼好值得懷疑的。」武藏乘勝追擊，一口氣滔滔不絕地說完。百右衛門蒼白的臉如今更加蒼白了，他冷冷地笑著說：

「依我看來，閣下才是一知半解，班門弄斧。臣不喜辯論，辯論乃下等人之所爲，與急功近利者無異。吾已非孩童。青筋暴突妄談空論，只會更加深彼此各持己見僵持不下的結果。辯論既無趣又乏味。臣未嘗言世上沒有人魚。只是未曾親見。既然金內君立下如此功勛，何不順便將那人魚帶過來進獻御前？」百右衛門帶著恨意、說大話挑釁對方。

武藏也不甘示弱向前一步大聲咆哮：「對武士而言，最重要的莫過於一個『信』字。若說非得要手到擒來眼見爲憑才願意相信，哎呀呀，閣下的心魂看來値得憐憫啊。如果心不願意相信，這個世間就不存在任何實體。非得要眼見爲憑才願意相信的話，就算讓你親眼瞧見也等於做白日夢。承認實體的存在必先從信出發。然而，信根源於心的情愛。由此可見閣下的心裡面，既無情愛，亦無信義。在座的各位都看見了，金內君遭閣下如此毒舌對待，毀壞名聲，從剛才就渾身顫抖，內心在淌血哭泣。金內君與閣下不同，有道是巧言令色鮮矣仁，閣下難道不知道金內君素來是個誠實無欺之人嗎？」武藏

8　位於今岐阜縣北部。

句句屬實，令對方啞口無言，可見百右衛門根本不是他的對手。

「那個，殿下起身返回寢宮。看來不大高興。」百右衛門以威嚴的口氣說著，隨即轉身向城主跪地伏身。

「哎呀哎呀，你們這些混蛋只會添麻煩。」他低聲喃喃地站起身來，「滿腦子的壞事說成是誠實無欺也未可知，將夢或迷信當作煞有其事地流傳出去，就是有你們這種人，才會在世間蠱惑人心。」百右衛門匆匆丟了這麼一句，便如貓步般毫無聲響退出大殿。其餘要臣，或憎惡百右衛門專使壞心眼兒，或討厭武藏說起話來咄咄逼人，認為兩人都有錯，也有人剛才在打瞌睡，到底是為何引發辯論也不曉得，茫然地起身，在座者紛紛離席，最後只剩下武藏和金內留在大殿上。武藏悔恨不已咬牙切齒地說：

「都怪本座多言。金內君，依我看來。你是武士，應該已經有所覺悟，無論何時無論任何事，我武藏都會支持你。隨便你怎麼做都好，今天就到此為止。」武藏盡可能地安撫，然而金內聽了這些安慰的話，還是覺得悲憤莫名，好一會兒連一句話也說不出來，無聲地慟哭。不幸的人，就算他人施予同情保護，比起喜悅，反而更加意識到自身的不幸及痛苦。彷彿一時之間失去了方向，金內哭了又哭，他意識到自己生命即將完結了，用握緊的拳頭拭去淚水，抬起頭來，依然語帶哽咽地說道：

「卑職不勝感激。剛才百右衛門屢屢口出惡言，很想把它當作耳邊風，恕金內魯莽，這事確實令卑職左右爲難，在殿下御前，忍了又忍，卻只能將悔恨的淚水咽下去，吾人已有赴死的決心。雖說假使現在立刻追出去將那個百右衛門捅一刀是輕而易舉的事，但是這麼一來諸侯臣子會以爲金內是被百右衛門看穿了謊言，因而惱羞成怒才會做出刃物刺傷對方的舉措，吾人所說的人魚故事也會因此而不了了之，只會給您增添不必要的痲煩。卑職不知如何是好，以此無用之身，繼續苟活在這世上，倒不如趁此機會再多活些時日，再去一趟鮭川的海灣偵察，我相信弓矢八幡不會拋下我不管，待吾人找到那個人魚的屍骸時，就是金內的武運尚未結束的證據，帶著這個讓諸侯臣子親眼瞧瞧，之後，對百右衛門就可以毫無顧忌，狠狠地痛毆他一頓。對此，吾人已有必死的覺悟，縱使切腹也會含笑九泉。」語畢，武藏感到相當惋惜地陪著他哭泣道：

「我武藏也眞是無用，原本想在殿下面前好好表彰你建立的功勛，都是我的錯。莫名其妙地跟對方進行人魚之辯。是可忍，孰不可忍，那個男的非死不可。我饒恕你，金內，下輩子你依然是個好武士。」武藏別過臉站起來說：「你不用操心家人，我會負責照顧的。」做出如此強而有力的保證後，便離開了大殿。

金內的私宅住著女兒八重和女傭小鞠兩人。八重年方十六，是身材高挑、皮膚白皙、鼻子高挺，容貌清新的女孩，而小鞠已經二十一歲，個子嬌小，活潑伶俐。金內的妻子，已於六年前病歿。那一天，金內努力表現出開朗的樣子回到私宅。隨即又整理行囊準備啓程遠行，對女兒八重只說了這麼一句「也許這次遠行待得時間比較長，妳要好好看家。」他把攢下的積蓄幾乎全數塞進他懷中的口袋裡，然後逃也似的離開家。

「父親大人，似乎有點不太尋常。」八重送父親出門後，對小鞠如此說道。

「您說得沒錯。」小鞠淡淡地表示同意，金內對於說謊這種事並不在行。就算表面上再怎麼開朗地笑著，也無法掩飾他眞實的心情。就連十六歲的女兒，以及傭人也看得出來。

「妳看他帶走了不少錢呢。」八重甚至連父親帶走錢的事情，也看得一清二楚。

「這件事並不單純。」小鞠點了點頭，態度判若兩人，喃喃地說。

「我感到很忐忑不安。」八重說著，雙袖捂著胸口。

「不知道會發生什麼事？但願不是什麼壞事，我現在馬上去把家中裡裡外外打掃乾淨。」小鞠很快地捲起衣袖開始忙碌。

就在此時，野田武藏連隨從也不帶，身穿便服悄悄來到金內的私宅。

「金內君，出門了嗎？」對八重小聲地探問。

「是的。帶著不少錢出門去了。」

武藏苦笑著，終究是遲了一步。

「令尊或許會待上很長一段時間。看家的這段日子，如果遇到什麼困難，請不要客氣記得要來找我商量。這是本座的一點小禮。」武藏說完，給了八重一筆爲數可觀的錢，然後逕自離去。

這下子，八重更加確信父親身上肯定發生了什麼事，她畢竟是武士的女兒，從那夜起，每天晚上都會緊抱著懷劍，甚至連腰帶也不解開，就這樣蜷縮著睡覺。

另一方面，中堂金內啓程出發去找人魚，他抵達鮭川的海灣一隅，召集了所有村子裡的漁夫，將他帶出來的錢一點也不剩地給了他們。但並不是將他們當作僕役指使，中堂金內將自己身上所發生的大事，悄悄地告訴他們，很誠懇地拜託漁夫們幫忙，很明顯他是個剛正不阿、公私有別的人，說完後，稍稍停頓了一下，開始面紅耳赤。也不知道漁夫們對金內的話是否採信。他苦笑著，怯懦地說完了開場白，便開始講述過往有關人魚的故事，金內賭上自己的性命懇請他們幫忙，一定要從海底下搜出那隻人魚的屍骸，若不能讓那個可惡的傢伙親眼瞧見心服口服，那麼金內身爲武士的面子怎麼掛得住？這寒冷天氣裡，雖然是辛苦了些，但希望他們全力以赴幫忙找出那隻怪魚的屍骸，正當那時雨雪霏霏狂舞於波濤洶湧的海邊，他聲嘶力竭地懇求，幾位老漁夫深信並且同情他的遭遇，而年輕的漁夫們則是一邊懷疑他說的人魚究竟是眞是假，縱然如此，還是多少引起了他們的好奇心。總之，漁夫們撒下了大網，在海底下試著打撈，結果打撈上來的卻是鯡魚、鱈魚、螃蟹、沙丁魚、比目魚之類，平常司空見慣的魚類，根本看不到像是那隻怪魚的東西，這天無功而返，後來連續兩天也一樣，毫無所獲。

全村總動員讓船隻浮在海面上作業，忍受寒風刺骨，有時撒網有時潛入海底，歷經種種的磨難進行搜查，最後都徒勞無功，年輕的漁夫們，開始發出不平之鳴。其中一位漁夫首先發難，「你們看那個武士的眼神，看起來不太正常嘛，他一定是瘋了，我們居然相信一個瘋子所說的話，在如此寒冷的天氣潛入海中眞是愚不可及，我已經不想幹了。與其繼續這樣漫無目標地尋找海裡的人魚，還不如讓村子裡的人魚替我溫熱一下更快活。」他們聚在海邊圍著火堆一邊說著低俗的笑話，大聲談笑。金內則是一個人悲傷地假裝沒聽見，一心祈求龍神的保佑，若能在這個海灣找到那隻人魚，就算只有一枚鱗片一根頭髮也好，比起吾人的面子，武藏君的名譽更重要。同時他想起自己曾發誓，要在眾人面前辱罵百右衛門，並且證明自己的清白，給予對方痛快的一刀，至少也要正面地給對方一點教訓，才能消心中之恨，金內把頭伸出去望向海灣的姿態著實令人同情，在一旁的老漁夫見此光景不由得熱淚盈眶。

「唉呀，沒問題的啦。雖然年輕人淨是會說那種風涼話，不過啊，我們確實在這個海灣看見了被武士您射中的人魚沉到了海底。這附近的海域啊，從以前就存在著形形色色不可思議的魚類，年輕人並不知道這些事。在我們的孩提時期，喏，這個海域出現過名爲老祖宗的大魚，牠出現的時候，那股氣勢實在不得了。不是老夫在吹牛，那條魚的身形，足足有二、三里那麼長，不，也許更大也說不定。至今還沒有人見過那條魚的全貌。每當那條魚出現的時候，海底會發出像是雷鳴的巨響，明明沒有風卻掀起了巨浪，像鯨魚之類的也紛紛各奔東西，避之唯恐不及，就連漁船上的人也會大聲叫著：『喂，老祖宗魚來啦！』彼此互相示警趕緊拼命地划回海濱，沒多久，老祖宗魚浮出海面，那個模樣啊，就像是在海面上突然間出現了好幾座大島，其實這只是老祖宗魚的背或鰭隱約看得見的部分而已，整條魚非常非常大，絕不止有這樣而已。根本難以測量。這條老祖宗魚根本不把小魚看在眼裡，聽說牠只吃鯨魚維生，二十尋、三十尋的鯨魚可以一口氣吞下去，那個吞食的模樣，就像鯨魚在吞沙丁魚一樣，光憑想像就夠驚人的吧？所以說鯨魚只要聽見海底出現轟鳴聲，就會嚇得各奔東西四處逃竄。知道嗎？還有非常可怕的魚。從前啊，在蝦夷之海，像這樣妖怪一般的魚多的是。武士先生所說的人魚故事，在我們聽起來，一點也不足為奇。這沒什麼好奇怪的。這裡從前是二里、三里長的老祖宗魚曾經巡游過的海域，喏，現在我們一定能找到那隻人魚的屍骸，一定要給武士先生爭回面子。」老漁夫用木訥的語氣拼命安慰金內，還幫他撣掉肩膀上的雪屑，如此溫柔又細心的對待。

啊啊，自己到頭來還是受到像這樣慈祥老漁夫的憐憫，變成一個命運乖舛的無用男人，這位老漁夫安慰的話語底下，總覺得充滿了絕望與放棄的氣息，金內又興起了乖僻的念頭，於是狂暴地站了起來，對那些漁夫們說：「拜託！吾人確實在這個海灣射中了怪魚。我向弓矢八幡發過誓，無論如何一定要找到牠。拜託。請再努力試著找找看，就算只有一枚鱗片一根頭髮也好，請務必替我找一找那隻人魚。」他丟下這句話，就踢著積雪走向岸邊，抓住原本打算要回家的漁夫們的手腕說：「拜託，再一次就好！」用近乎哀求的眼神說著。漁夫們早就在事前拿了錢，如今已經失去了熱情，有些意興闌珊。就像是敷衍似的，走到接近岸邊的淺水處，撲通一聲撒下網子，然後，一個接一個消失了身影，不知何時岸上連一隻狗也看不見了。隨著日落四周逐漸變得昏暗，朔風[9]也愈來愈強勁地吹著，忽然吹起了暴風雪吹得連眼睛都睜不開，金內宛如漂流至鬼界之島的流人俊寬[10]在浪打上岸的地方來回踩腳徘徊，到了夜晚也不返回村子。至於床鋪嘛，就在一開始接近水邊的船屋安頓下來，在那個小屋裡他似睡非睡地打著盹兒，然而，趁著天還未亮，他又衝到了岸邊，看到漂過來的藻屑以爲是人魚驚喜了一下，發現不是又沮喪地快要哭出來，看到漂近岸邊的腐木，也以爲是人魚立刻跳進海裡游過去探個究竟，還是撲了個空於是又折返岸邊。來到這裡之後，他幾乎滴食未進，只是嘴裡一直念著「人魚快出來、人魚快出來」，逐漸變得有些怪異，整個人失魂落魄。

自己是眞的看見了人魚嗎？射中人魚什麼的該不會是假的吧？搞不好是場夢？金內站在白雪皚皚的無人岸邊獨自高聲狂笑，啊，如果那時自己也跟同船的乘客一樣單純地昏過去，沒有看見人魚的樣子就好了。他想中途放棄的意念開始增強，看見了這世上不可思議近在眼前卻遭遇到如此的磨難，反倒羨慕起那些什麼也沒看見、什麼也不知道，然後裝作一副煞有其事的表情，其實各自心裡有底，虛僞地活在這世間的庸俗之人。肯定有的。在這世上那些人們無法想像不可思議的美麗生物。肯定有的。然而，只因爲看了一眼，瞬間就會像自己這樣墜落地獄裡。搞不好自己的前世不知造了什麼業，才會活

9 即北風，指冬天的風，也指寒風。

10 日本古典名著《平家物語》裡有三人漂流至鬼界之島，其中一人是俊寬僧都。

得這麼沒有價值，或許就像是誕生在惡星下的人，除了悲慘地死去，沒有其他的活路。好想乾脆在這波濤洶湧的岸邊投身海底，來世變成人魚。他垂頭喪氣地在岸邊漫步，總覺得像是被死神迷住了似的，然後，他還是沒有辦法忘卻人魚的事。天色漸漸地亮了，他向著前方的海面瞥了一眼，啊啊，至少能捕到像老漁夫口中所說年紀很老的大魚的話，不過要找到那種魚也沒那麼容易，他一本正經滿心悔恨地嘆了口氣。很遺憾的，這位勇士已經眞的瘋掉了，看來他頂多也只能再多活個一、兩天。

留守家中的女兒八重，從早到晚向神佛祈求，但願父親能平安歸來。過了三、四天，家裡的茶杯突然裂開，草鞋的鞋帶突然斷了，明明積雪不多，卻把院子裡的松樹枝壓斷，接二連三出現不祥之兆，讓八重坐立難安，無法繼續待在家中。這夜，她悄悄地來到武藏的家探問父親的下落，得知父親人在鮭川的海灣，於是馬上收拾細軟與女僕小鞠兩人，就著雪地上反射的微光連夜啓程趕往鮭川。有時在民宅的屋簷下休息，有時在海岸的岩洞，主從二人聽著不斷拍打過來的海潮音假寐。八重豐潤的臉頰變得削瘦，在雪地裡行走極爲艱難，即便二人互相加油打氣，女生腳程畢竟走不快，終於在第三天的傍晚，風塵僕僕地抵達了鮭川的海岸邊。天哪！阿彌陀佛，父親已經橫躺在破草蓆上全身冰冷僵硬。是當天早上，金內的屍體漂到了海邊，村子裡的人幫忙把屍體抬上岸來，暫時安置在破草蓆上。據說當時金內的頭上纏著許多海草，從外表看上去宛如人魚的模樣。於是主從二人伴隨著屍體一左一右，什麼話也沒說一個勁地大聲痛哭，連那些瞎起鬨的漁夫們也目不忍視而把眼睛別開。

母親早逝，如今連父親也拋下自己，八重也不想活了，哭了又哭，泣不成聲。不久，她已有了覺悟，抬起蒼白的臉龐，說了一句：

「小鞠，一起死吧。」

「好的。」

正當二人安靜地站起來的時候，聽見後方韃韃的馬蹄聲響起。

「等等，等一等！」野田武藏扯著粗獷的嗓門喊道，那聲音眞教人安心。

他下馬見到金內的屍體，難過地垂下頭來。

「唉，怎麼會落得如此淒涼。好吧，既然事情已經發生了，還管什麼人魚不人魚。武藏很火大，眞的非常火大。對於火冒三丈的武藏來說，復仇不需要任何理由。不講道理那又如何？我不在乎別人怎麼說。人魚什麼的不是問題。不管牠存在與否都一樣。現在我只想殺掉那個可惡的傢伙！喂，漁夫，我要借一匹馬，給這兩位女孩騎乘。快點給我找一匹過來！」武藏大發雷霆地咆哮著，聲勢驚人，八重和小鞠彼此相視無語。

「那樣哭喪著臉實在教人看不下去。妳父親的仇家還活著，聽明白了嗎？我現在立刻騎馬返回城下，衝進百右衛門的房子為妳父親報仇，妳若不能取下他的首級慰祭金內的在天之靈，也不配稱作武士的女兒。別再哭哭啼啼了！」

「說到百右衛門，」身為女僕的小鞠，暗自點頭進一步問道：「您說的應該是青崎百右衛門對吧？」

「沒錯，正是那個傢伙！」

「我果然猜得沒錯。」小鞠沉穩地說道：「那個青崎百右衛門，曾經看中我們家小姐的姿色，三番兩次拜託媒人來提親，要我們家小姐嫁給他，我們家小姐說若要嫁給那個鷹勾鼻的傢伙她寧可去死，沒想到，連老爺子也……」

「這樣啊，說到這件事，我清楚得很。這個混帳傢伙，表面上說討厭女人，抱定終生不娶，實際上，是個被女人拋棄，靠不住的男人。愈看愈教人想唾棄他。得不到想要的女人，竟然把矛頭指向金內，欺人太甚，實在愚蠢可笑！」武藏愈說愈激動，他恨不得早一步高唱凱旋之歌。

那一夜，武藏作先鋒，與兩位女子手持長刀，一路殺進百右衛門的宅邸，當時百右衛門和他的小妾正在裡面的房間飲酒作樂。武藏先出手，快刀斬下百右衛門細瘦的右手臂，百右衛門也毫不躊躇地拔刀對峙。小鞠一個箭步跨過去，用掃堂腿攻他的下盤，害得百右衛門只能撐著一隻腳蹲坐在地下，但他仍然不甘示弱，以八重為目標激烈地砍殺。武藏冷不防將刀子砍進百右衛門的左肩，百右衛門承受不住劇烈的痛楚仰面倒下，但一息尚存，身體宛如蛇一般扭曲著，將飛鏢銳利地擲向八重，八重反應敏捷地弓起身險險閃過，但由於復仇的執念非常深，她下意識地與武藏彼此對望了一眼。

最後總算是取下百右衛門的首級，八重、小鞠兩人，急忙趕到鮭川的海邊。武藏則是返回自己的宅邸，將這次的刺殺事件原原本本記錄下來寫成疏文，在未得到城主的允准之下誅殺百右衛門是重罪，他必須向城主請罪。武藏把責任都歸咎在自己身上，隔天他立刻登殿吩咐家臣將疏文上奏給城主，如今心願已了，武藏毫不遲疑地悲壯切腹以示謝罪。果眞是個敢作敢當頂天立地的武士。

八重和女僕小鞠兩人，則是將百右衛門的首級放在金內的屍體前作為祭品，殷切地料理完父親的後事，然後返回私宅，關上房門靜候城主的裁奪。兩人穿著白無垢[11]和

11 表裡完全純白色的和服。古代日本，白色是神聖的顏色，室町時代末期至江戸時代，生產、葬禮、切腹都穿這種和服。明治之後，神道結婚儀式新娘也著白無垢和服。

服，心中已有了切腹的心理準備。就在此時，朝中重臣於全城打聽後評議的結果，百右衛門才是世間少見的惡人，加上武藏已引咎切腹自殺，毫無疑問這是一場私人恩怨的爭鬥，城主也默許了這項決議。而主僕二人，總算是爲父親成功地雪恥復仇，反而獲得城主的褒獎，認爲她們能爲主人復仇其志可嘉，於是作主將八重許配給重臣伊村作右衛門最小的兒子作之助當媳婦，並且正式繼承中堂金內的名銜。而女僕小鞠，則是嫁給官拜步行目付的戶井市左衛門俊美的年輕侍衛。

後來，過了約百日之後，某個深夜裡，有人來自北浦春日明神的海邊有急事欲進城稟報，說有不可思議的骨骸被海浪打上岸邊，身上的肉已腐爛被海水沖刷只留下骨架，其上半身幾乎與人類相近，而下半身毫無疑問是魚的形態，但外觀看上去著實令人毛骨悚然，於是匆忙向城主急報。朝中的奉行很快地對此進行調查，發現在那奇形怪狀的骸骨肩上不偏不倚地插著中堂金內光榮的箭鏃。這下子八重的家可說是雙喜臨門。——此段故事的說法深具說服力。（《武道傳來記》，卷二之四，〈致命的人魚之海〉）

魚服記

一

位在本州北端的山脈，名爲梵珠山脈。至多僅有三、四百公尺的丘陵起伏，在一般的地圖上不會標示出來。古早以前這一帶是廣闊無垠的大海，據說義經[1]曾率領家臣們不斷向北逃亡，想渡海到遠方的蝦夷土地上，他們搭的船曾途經此地。當時他們的船很不幸撞上了這座山脈，撞擊所遺留的痕跡，依然留存至今。撞擊的地點就在這座山脈正中央一處茂密小山的半山腰處，那是一個大約有一畝寬的紅土崖。

如果從山腳下的村莊眺望山崖，形狀宛如奔馳的馬，因而命名爲「馬禿山」，事實上它的形狀比較像老人的側臉。馬禿山的山陰面風景絕佳，在當地遠近馳名。位於山麓的村莊僅有二、三十戶人家，是名副其實的荒村，村外有一條河川經過，溯河而上，約莫二里處，就會進入馬禿山的後山，那裡有一高約十丈的瀑布，清澈地流瀉而下。從夏末至秋天，滿山遍野的林子轉成紅葉非常的美，每到了這個季節，來自附近城鎮的遊客們，總會把這座山妝點得比平時熱鬧些。瀑布下面，還開了幾間茶店。

今年夏天接近尾聲時，有人在瀑布底下溺水死亡。並不是故意跳水自殺，完全是出於意外。聽說是爲了採集植物來到這個瀑布，是一位來自城市、皮膚白皙的學生。這一帶有很多罕見的羊齒植物，所以經常有採集者造訪此地。

潭面的三方都是高聳的峭壁，唯獨西側一面有個狹縫，溪流就是從那裡不斷啃蝕著岩石流出來。峭壁上因瀑布的飛濺，終年都是潮濕的。羊齒類植物於此峭壁上到處生長，伴隨瀑布沖擊水面發出的巨響始終不停地抖動著。

那名學生攀爬上峭壁，是過了中午之後的事，初秋的陽光還明亮地照在峭壁的頂上，學生抵達峭壁中央的時候，腳下踩的一塊形似人頭的岩石，因爲碎裂而崩落，便從峭壁上像被剝除似的墜落。途中他死命地抓住峭壁上老樹的樹枝，樹枝卻折斷了，只聽見一聲淒厲的慘叫，整個人墜入了谷底。

正好在瀑布附近有四、五人目睹了當時的慘劇。然而，在潭邊茶店工作的十五歲少女看得最爲清楚。

落水的學生一度深深地沉入潭底，然後上半身又躍出水面，他閉著眼睛，嘴巴微微張開。藍色的襯衫早已千瘡百孔，採集箱依舊掛在肩上。就這樣短暫浮起，旋即又被激流拉回了水底。

1 指源義經，日本平安時代末期的武將，有「鎌倉戰神」之稱。卻因戰功彪炳而為兄長源賴朝所忌，人生以悲劇結束。

二

從春之土用[2]到秋之土用，都是好天氣。馬禿山出現幾縷白煙裊裊升起，即使從很遠的地方也可以看得見。這個時節裡山中林木的精氣充足，很適合燒製成木炭，因此燒木炭的人們也開始忙碌了起來。

馬禿山裡，有十幾間燒炭小屋。在瀑布旁也有一間，這間小屋和其他小屋相隔有些距離。那是因爲這間小屋的主人並不是當地的人。茶店的少女是這間小屋主人的女兒，名字叫做斯娃。她和父親兩人終年都住在那裡。斯娃十三歲的時候，父親在潭邊用圓木和葦棚搭建了一間小茶店。店裡陳列著萊姆汽水、鹹煎餅和糖果以及其他幾種簡單的點心。

即將接近夏天，當來到山裡遊玩的人潮出現時，父親每天早上會把要販售的物品放進提籃裡運往茶店。斯娃光著腳丫跟在父親身後啪噠啪噠地往前走。父親很快又回到燒炭小屋，只留下女兒斯娃一人顧店。只要一見到遊客的身影，斯娃便大聲地向客人喊道「要去哪兒玩呀？」這是父親教她這樣招呼客人的。但是斯娃那甜美的聲音卻被瀑布巨大的聲響掩蓋住，大部分的客人連頭也不回，繼續往前走，所以生意很慘澹，一天根本賣不到五十錢。

到了黃昏，父親從燒炭小屋出發，一身烏黑地來到茶店接斯娃。

「今天賣了什麼？」

「沒賣什麼。」

「這樣啊，這樣啊。」

父親若無其事地喃喃自語，一邊抬頭看著瀑布。接著，兩人合力把店內的物品放進提籃，然後提回小屋。

這樣的例行公事，日復一日一直持續到霜降。

即使把斯娃一個人放在茶店也不用擔心，因爲她是出生在山裡的野孩子。就算是站在岩石上也不必擔心她沒踩穩被潭水吸進去。天氣晴朗的時候，斯娃會光著身體下水裸泳，甚至會游到快要接近潭心的位置。游泳時，若是發現了客人，又會很有活力地撩起短髮大聲叫著「要去哪兒玩呀？」

遇到下雨的日子，就在茶店的角落，鋪上草蓆，舒服地睡個午覺。茶店上方有一棵

2 立春、立夏、立秋或立冬這四個節氣到來的前十八天。

巨大的櫟樹，其延伸的茂密枝葉恰好形成絕佳的遮雨棚。

總之，從前的斯娃，眺望不斷流瀉的瀑布，想到有這麼多的水流下來，總有一天必定會流光吧，她滿心期待著。又覺得好奇怪，瀑布的形狀爲何總是一成不變呢？

那是因爲到了這個年紀，她的想法逐漸產生轉變。

她發現瀑布的形狀不全然是相同的。因爲她明白就連飛濺的水花，瀑布的寬度，也都是瞬息萬變的。她也明白瀑布不再是水，變成了雲。從瀑布口流瀉下來產生大量白茫茫的水花形狀也可以察覺到這點。因爲首先，水已經沒有那麼白了。

斯娃這天依舊茫然地佇立在潭邊。陰天，秋風刺骨地吹在斯娃紅通通的臉頰上。她想起從前的往事，不知何時，父親抱著斯娃一邊看著炭窯，一邊說故事給她聽。從前啊有一對名叫三郎和八郎的伐木兄弟，有一天弟弟八郎，在溪裡抓了幾尾鱒魚帶回家，趁著哥哥三郎還沒回來，就先烤了一尾來吃。吃完這尾魚，覺得美味極了，又接著吃了二、三尾，怎麼也停不下來，最後把抓回來的魚全部吃光光。之後他覺得口好渴，渴到受不了。於是把井裡的水全喝光，又走到村外的河邊，拼命地狂飲河水。就在他喝水的過程，體內突然間啵滋啵滋冒出了鱗片，待三郎隨後趕到了河邊，八郎已經變成一條可怕的大蛇在河裡游泳。哥哥大叫著「八郎啊！」河中的大蛇也流著淚回答「三郎啊！」

於是哥哥和弟弟一個在堤岸上，一個在河中央，兩人彼此哭喊著，卻一點辦法也沒有。

斯娃聽這故事的時候，很悲傷，將父親滿是炭粉的手塞進自己小小的嘴巴裡，一邊哭泣著。

斯娃從回憶中醒過來，滿臉狐疑地眨著眼睛。瀑布竟然在低語著：八郎呀！三郎呀！八郎呀！

父親撥開峭壁紅色的爬藤葉走了出來。

「斯娃，今天賣了什麼？」

斯娃沒有回答。她用力擦拭剛才被水花濺濕閃閃發亮的鼻尖。父親則是默默地收拾店內的物品。斯娃和父親撥開山白竹走了三丁的山路才到達小屋。

「店該暫時歇業了。」

父親將提籃從右手換至左手。萊姆汽水的瓶子在裡頭碰撞著，發出喀啦喀啦的清脆聲響。

「秋土用一過就不會有人上山來了。」

還未天黑，山上只剩下風聲。橡樹和冷杉的枝葉像雨雪一樣落在兩人的身上。

「爸爸！」斯娃在父親身後發出聲音。

「你是爲什麼而活呢？」

父親大大地聳聳肩膀。仔細地看著斯娃認眞的表情低聲說道：

「我不知道。」

斯娃一面咬著手上的芒草一面說著：

「不如去死算了。」

父親舉起手，想要狠狠揍她。但是，又猶豫不決地放下手。對於斯娃發脾氣的事，他早已看破了。而且一想到斯娃已經是個亭亭玉立的少女，所以才會忍下這口氣。

「這樣啊、這樣啊。」

斯娃對於父親這樣不著邊際的回答感到愚蠢至極。她一面呸呸地吐出芒草葉，一面大聲咆哮著。

「笨蛋、笨蛋。」

三

盂蘭盆節一過，茶店關門了，對於斯娃來說，最討厭的季節就要來臨。

從這個時候開始，父親會背起放置了四、五天的木炭去村子裡兜售。雖然也可以託別人載去賣，可是如果這麼做就要付給對方十五錢到二十錢不等，這也是一筆可觀的花費，父親能省則省，於是留下斯娃一人，自個兒前往山腳下的村子。

晴朗的日子裡，斯娃會趁著看家的時候，外出去野地採香菇。父親燒的炭一袋能賺五、六錢，算是不錯了，可是光靠這點收入生活難以爲繼，所以父親才會叫斯娃去採香菇，好拿去村子裡賣。

滑菇是一種摸起來滑滑的小香菇，拿到村子裡可以賣很高的價錢。它會在羊齒類植物密集生長的腐木寄生。斯娃每次看到那種青苔，就會想起她唯一的朋友。她喜歡在裝滿了香菇的提籃上撒一點青苔，然後開心地提回家去。

不論是木炭還是香菇，只要賣得了好價錢，父親一定會喝得醉醺醺渾身酒臭味回家。有時也會買附有鏡子的和紙錢包或其他小東西給斯娃當作禮物。

這天，颳起了秋風，一大早山上的天候就不大穩定，小屋垂掛的草簾也被秋風吹得搖來晃去。父親拂曉就啓程下山去村子裡幹活兒。斯娃則是一整天窩在家中，難得今天想梳個頭髮，她挽起捲曲的髮梢，戴上父親送她的髮圈，上面有著波浪紋的圖案。接著又升起了柴火靜待父親的歸來。好幾次她聽見樹林的吵雜聲中夾雜著遠處傳來的野獸叫聲。

天快要黑了，所以只好一個人先吃晚飯。在黑色的米飯澆上烤過的味噌吃。入夜之後，風停了，卻感覺身體愈來愈冷。在如此奇妙的靜謐夜晚，山中一定會發生不可思議的事。有時似乎聽見天狗[3]砍倒大樹所發出的倒塌聲，有時又會聽見在小屋門口附近，好像有人在淘洗紅豆的沙沙聲[4]，有時又從遠處傳來仙人清脆響亮的笑聲。

遲遲未見父親歸來的斯娃，因爲等得不耐煩，於是用草編的被子裹著身體，在爐火堆旁邊不小心睡著了。就在意識模糊的狀態下，她感覺不時有人在門口偷偷地掀開草簾朝屋內窺探。莫非是仙人在偷看，她心想，卻不敢輕舉妄動，只好動也不動裝作睡著的樣子。

在燃燒的火光中，隱約可見有個白色物體，忽隱忽現地出現在門口的地上。是初雪！雖然仍在睡夢中，心情卻雀躍不已。

好痛！她感覺到身體像是麻痺般的沉重。接著就聞到一股濃重的酒臭味。

「混蛋！」斯娃簡短地叫了一聲。

還搞不清楚自己身上發生什麼事，就一個勁兒衝出了門外。

是暴風雪！雪片猛烈地打在臉頰上。她不由得跌坐在地面。轉瞬間她的頭髮和衣服上都覆蓋了白色的雪。

斯娃站起來，一邊劇烈地喘息，一邊步履蹣跚地走著。她的衣服被強風吹得亂七八糟。她一直向前走，不知走了多遠。

瀑布的水聲愈來愈大聲，她愈走愈急，好幾次用手拭去鼻涕，瀑布的聲音幾乎就在她腳底下。

她站在隨風狂嘯成排的冬樹縫隙之間，大聲地吶喊。

「爸爸！」

四

一回神，四周變得昏暗。微微感受到瀑布流瀉下來的轟然聲響。感覺似乎一直盤旋在頭頂上方。身體則是不由自主隨著嘩啦啦的聲響擺動著，全身冷到骨子裡去了。

3 天狗是日本傳說中的妖怪，紅臉長鼻子，據說擁有怪力，也是地方上的守護神。

4 指日本山梨縣傳說中的妖怪，名為小豆洗或洗豆妖，常現於河邊。其發出的如淘洗紅豆的窸窣聲，據說可以傳很遠。

啊啊，原來是在水底啊，當她意識到這點，頓時感到通體舒暢，清爽自在。

突然，雙腳向前延展，便無聲無息地往前游，鼻尖差一點撞上了岸邊的岩石。

大蛇！

她心想著：「難不成我變成大蛇了！」她喃喃自語說著：「好高興啊，再也不用回到小屋了。」接著用力動一動鬍鬚。

其實只是一尾小小的鯽魚。只會嘴巴一張一合，動一下鼻尖的疙瘩而已。

小鯽魚在潭面附近的水域來回地游動。看似要振起胸鰭浮出水面，卻忽然甩動尾鰭一下子又沉入水底。

時而追逐水中的小蝦，時而隱身於岸邊茂盛的蘆葦草裡，時而啄一下岩石邊的青苔，快樂地玩耍著。

接著，鯽魚一直維持不動。只是偶爾微微地擺動一下胸鰭，一副若有所思的樣子，就這樣維持了好一會兒。

不久，身體扭動一下，便筆直地朝著潭心游去。轉瞬間，猶如樹葉般，被吸了進去。

輯四　奇想

我用我的這個肉體，
在夢的風景裡漫遊。

哀蚊

我曾見過怪異的幽靈。

那是，在我剛上小學不久的事。你一定以爲我當時所見如同幻燈一般模糊不清。不，可是……那宛如投影在青色蚊帳表面如幻燈般迷濛的記憶，說也奇妙，竟然一年比一年更加清晰。

依稀記得，是姊姊招贅的時候，啊……恰好是那晚發生的事。爲了慶祝她結婚，許多藝妓來到我們家獻唱助興，我記得有一位長得很漂亮的藝妓小姐還爲我縫補日式禮服上的綻線，父親還跟其中一位站在走廊陰暗處、身材高大的藝妓玩相撲，兩人在那邊較勁，也是同一天晚上的事。隔年，父親就去世了，如今一進門就可以看見父親的遺像，掛在我們家客廳的牆上。每次看到父親的照片，總是回想起那天晚上比賽相撲的畫面。我父親，絕不是那種會欺負弱小的男人，那晚的相撲，肯定是藝妓做了什麼太過分的事，父親才會以此懲罰對方。

仔細地思前想後，我確定見到幽靈就是在那晚發生的事，這點絕不會錯。實在很抱歉，不知爲何，我當時所見，宛如投射在青色蚊帳表面的幻燈似的……啊，文章前面已經說過了。總而言之，像是這樣的感覺，反正不管怎樣形容，也無法讓你感到滿意。單純把它想成是夢中故事吧……也不對，那晚婆婆說著「哀蚊」的故事給我聽的時候，我只記得婆婆的眼睛，以及之後的……幽靈……而已。光憑這點，你或許認為我所說的無非是一場夢吧。說它是夢，卻又不是那麼回事，婆婆的眼睛以及之後發生的事，無比眞實地浮現在我的眼前，絕非夢境……

確實如此。我從未見過像我的婆婆如此貌美的熟齡女性。儘管去年夏天她已離開人世，若說到她臨死前的容顏……那簡直是美到極點。在她蒼白的雙頰，連夏日的樹影也映照其上。明明是個美人，卻與婚姻無緣，一生未曾染黑齒[1]，孤獨終老。

「以我這萬年待嫁之身爲餌，要釣出家財萬貫的金龜婿也無不可。」

婆婆生前經常以這種純熟老練的聲調唱著富本節[2]古曲裡的台詞，想來這台詞之中也頗有弦外之音吧。然而，還年幼的我根本沒把它當作一回事。在成長的過程中見識了太多太多成人世界爾虞我詐的我，比起去聽聞別人如何看透陰謀詭計，不如自行想像家財萬貫的大宅門爲何總是腥風血雨，更樂在其中。除此之外，我現在也熱衷於研究故事中的幽靈，爲何非得以曖昧不明的姿態現身，而樂在其中。我之所以會寫這篇故事，說

1 古時日本女性在出嫁時，有將牙齒染黑的習俗。
2 淨琉璃其中的一個派別，以彈唱三味線伴奏的方式說故事。

穿了也是爲了這個目的而寫。婆婆的故事被我寫得如此平淡了無生趣，要是她地下有知，我想她肯定會很難過吧。我想說的是，婆婆其實是一個相當任性而爲的人——曾有一次，她把一件黑色縮棉布附有紋樣的羽織[3]扔掉，由此可知，她任性的程度。把老師傅叫到她的房間，學習起富本節的唱詞也是從很久以前就開始了。而我呢，自懂事以來，從早到晚陶醉在婆婆如泣如訴唱的老松或淺間的哀傷曲調中，因而被眾人嘲笑爲「隱居者」，連婆婆聽到這個稱號也不禁嫣然一笑。

不管怎樣，我從小就喜歡親近這位婆婆，一離開奶媽就立刻投入婆婆的懷抱。主要是因爲我母親生病，身體很虛弱，不太能照顧孩子。由於我的父親和母親並非婆婆的親生孩子，所以婆婆也很少到母親住處拜訪，她一天到晚都待在主屋外的另一個房間裡，而我也跟在婆婆的身旁，有時候三、四天不曾見到我母親也是常有的事。因此，婆婆就像親姊姊一樣疼愛我，每晚都會念草雙紙[4]給我聽。其中，當我聽到賣菜阿七的故事……那時的感動，到現在依然足堪回味，以及婆婆戲稱我是故事裡的「吉三」那份喜悅仍躍然於心。

在檯燈黃色的燈火下意興闌珊地讀著草雙紙的婆婆，美麗的雙足交疊出優雅的姿態。此情此景，至今我仍記憶猶新。尤其是那個夜晚，婆婆在我睡前說的故事——「哀蚊」，說也奇怪，我始終無法忘卻。如此說來，的確是那年秋天發生的事。

「到秋天還倖存的蚊子稱作哀蚊，那是不需要再點蚊香了，因爲實在很可憐。」

啊，那一字一句牢牢地印在我的記憶中。婆婆一邊睡一邊用輕柔和緩的語調說故事給我聽……婆婆抱著我入睡的時候，每次都會把我的雙腳夾在她的大腿之間爲我取暖。有時在寒冷的夜晚，婆婆會脫掉我的睡衣，自己也全裸、露出白皙透亮的肌膚……就這樣抱著我睡覺，給予我溫暖。婆婆就是如此疼愛我。

「總覺得，哀蚊就像我。好虛幻……」

她仰頭一邊說，一邊仔細看著我的臉，此生再也找不到如此美麗的雙眸。主屋那邊的熱鬧婚禮，已然安靜下來……應該是接近半夜了吧！秋風呼呼吹著，屋簷下的風鈴每回輕輕響起時，也會勾起一些回憶。

哀蚊……

不，哀蚊並不是婆婆，哀蚊不存在吧，哀蚊不存在吧，可是我卻聽見微弱而悲哀的

3 和服的一種。
4 附插圖的古典通俗小說。

聲響，你不也聽見了嗎？

就在這天晚上，我看見了幽靈……

我突然睜開眼睛，恍惚地說著「我想上廁所」。

由於婆婆並沒有回答，我睡眼惺忪地看了看四周，婆婆不在。可是我當時腦袋只想著，會不會婆婆也去上廁所了，雖然感到有點不安，但還是一個人悄悄下床，走過長廊，提心吊膽地走向廁所……雖然只有腳底特別冰冷，但因爲很睏，簡直就像在濃霧中游泳一樣地搖來晃去。

嗯，就在此時，我看見了幽靈。

在長長的走廊一角，一團白色的東西孤單地蹲在那裡……

由於距離相當遠，所以看來有如底片般小小的，不過她的確是在偷窺姊姊和新郎睡的那個房間。

幽靈……不，這絕不是在做夢。

怪談

我從小就喜歡怪談。從形形色色的人們口中聽聞各式各樣的怪談。從琳瑯滿目的書籍得知千奇百怪的怪談。說我記得一千則怪談也不誇張，像這樣既神祕，同時又讓人感到嚴肅的話題，除了怪談以外，恐怕在這世上也是絕無僅有。當青色蚊帳外浮現灰色的女子幻影時，或是昏暗的行燈陰影處，一位骨瘦如柴的按摩師弓著背突然咚的一聲坐在那裡時，我藉由這些神祕體驗察覺到神明的存在。

小時候，常說怪談故事給我聽的人是祖母。每當夜晚來臨，油燈在黑暗中燃亮，發散的光芒看起來十分神祕，我鑽入暖被爐聽祖母講述怪談，有時候枕著祖母的膝蓋像是做夢似的沉醉在祖母的怪談故事中，好羨慕那時候的自己。當祖母微皺著眉，低聲喃喃細語說著怪談的時候，微光中祖母的臉龐有著神聖感，即便是現在我仍會懷抱著嚴肅的心情回想著那樣的情景。

那時候的我，簡直是耽溺在怪談故事裡，至今我依然喜歡怪談，因此我熱衷創作怪談故事。我有個癖好，即便是有點不尋常的事物（也許是我的生活過於平凡吧）我也會立刻把它當成怪談。我想這是個好習慣，因爲對於神祕的怪談這是心懷敬意的表現，現在的科學家們會說「怪談是啥東西？」接著一笑置之，我認爲這種態度對怪談來說是很失禮的。

所以說我知道各式各樣的怪談，同時又遭遇了五花八門的怪談也是事實。
首先我來講一則最近我經歷到的怪談「披風外套化身妖怪的故事」。

一夜之間變老的披風外套

那是個秋颱來襲的嚴寒日子。
——抖抖抖抖，哇喔好冷——
——哈哈哈～啾，我感冒了，哇喔好冷——
——都起雞皮疙瘩了，家中如果能泡個熱水澡多好，哇喔好冷——
我們一窩蜂鬧烘烘地衝進玄關，放學超開心的。
——啊——
發出奇怪哀號聲的人是我。
——披風外套不見了——
我發出鼻音。
——我知道喔——

——什麼？你知道？說來聽聽——

——我暫時將它寄放在當鋪了——

——開什麼玩笑？——

——不，是眞的喔——

——你少來這一套——

——不信的話，就慢慢找吧——

——用不著你操心——

——你可以去當鋪瞧一瞧，好端端地占據著倉庫一角——

——再囉嗦，小心我揍你喔！——

——哎呀，你生氣啦，好可憐喔！——

——早點回去吧，不想再聽你那些蠢話——

——你一定感覺很冷吧？——

——你怎麼還在這裡？快點回去吧！「不早點回去的話你母親會擔心喔。」（以朗讀口吻說著）——

——不妨，慢慢地找一找，好痛——

——呿，你說什麼？用不著在那邊廢話！——

——話說回來，披風外套，或許此刻正在某處晃蕩呢？——

我還不曾這樣被惹惱過，我很篤定披風外套是被某人藏起來。像「把披風外套藏起來」這樣的惡作劇，也是有奇怪的傢伙會做出這種事吧，偏偏選在如此寒冷的日子裡。

這個是非常寒冷的日子。

加上風又非常大。

首先，從黑板的背面開始找。

——沒有——

接著是暖爐裡面。

——沒有——

課桌裡面。

——沒有——

最後在教室四周牆壁繞了一圈。

——依然毫無所獲——

我幾乎快要哭出來了。不是被藏起來的，是誰搞錯了外套吧，搞不好是班上的某個冒失鬼拿走的。就是他——就是他，就是他，就是有那樣的冒失鬼，就連火星和月亮也分不清楚的冒失鬼才會幹出這種事，算了，眞是個無聊的傢伙。

明天敢來學校試試看，非把他碎屍萬段不可，那個可惡的傢伙。

我怒氣沖沖地飛奔到外頭去。

——好冷——

——什麼嘛，混蛋——

我像散彈似的以敏捷的步伐跑出去。

——喂，你爲何穿錯外套？——

——那那那那我我我我——

——你好歹說句話啊！——

——要我說什麼？——

——外套啊！外套——

——外套怎麼回事？——

——怎麼回事？我倒要問你啊——

——我什麼也不知道——

因此，假使我跟那傢伙說了這些，那傢伙必然一臉迷惑的表情，然後推說「拿走外套的人不是我」。接著，那傢伙又會刻意帶著他的外套到我這裡來進行冗長的說明。

——哎哎我明白了，外套不是你拿的，眞是失敬啊！——

——不，我一點也不介意，不過很傷腦筋耶，啊，你還是拜託老師幫忙吧，上次啊，我的軍靴掉的時候，我告訴老師，他馬上爲我尋找——

——後來找到了嗎？——

——沒有——

——不過，因爲老師很熱心地努力爲我尋找，所以我很感激他，至於軍靴遺失的事，我倒是沒有那麼在意了——

——這樣啊，那我也來跟老師說說看——

放學後，我請老師幫忙尋找外套。

——眞是傷腦筋啊——

老師似乎正趕著要回家去，吃驚於我所說的話，於是把身上帶著的布包放在桌上，對我說：

——八成是誰拿錯了——

——是啊，我也是這麼想——

——好吧，我們來找找看——

——好的——

——跟我來——

——好的——

他是教體操的老師。

連走路也步調一致。

沒錯，沒錯，勇往邁進。

手指不由自主地伸展，五指併攏，開始報數，一、二、三、四。

今天比昨天冷多了，我的背也比先前更駝了，我一邊打哆嗦，一邊跟在老師後面走出去。

因爲明天要考試的緣故。

空無一人的學校裡除了愛擺架子的體操老師和駝背的我，就只有無味無臭的空氣在四周蠢動。

——一、二、三、四。你是什麼時候掉的？——

——嗯，是昨天掉的——

——眞傷腦筋啊——

——對啊——

一、二、三、四；一、二、三、四。

一、二、三、四；一、二、三、四。

——你叫什麼？——

——名字嗎？——

——嗯——

——津島——

——啊，是津島……修治……對吧？——

——是的——

一、二、三、四；一、二、三、四。

一、二、三、四；一、二、三、四。

——啊，那件外套不是你的嗎？——

——不是（開什麼玩笑，我的外套更長，那件不過二尺而已，八成是一年級生忘了帶走的吧）——

——不會吧——

一、二、三、四；一、二、三、四。

一、二、三、四；一、二、三、四。

——啊，那個，那個，你的是這件吧——

——不是（開什麼玩笑，我的外套不會這麼破，肯定是校工忘了帶走的吧，我的外套值二十八圓耶）——

——不會吧——

一、二、三、四；一、二、三、四。

一、二、三、四；一、二、三、四。

老師和我，兩人穿過教室外的長廊。

長廊盡頭是往二樓的樓梯口，老師猶如機械般用正確的步伐登上階梯。

——你掛外套的地方是在二樓吧——

——是的——

——那我們去二樓找吧——

秋天的黃昏來得特別早，不知何時空氣已染成了鼠灰色。

天色暗了，而且好安靜，連鳥叫聲也聽不見了，感覺有點緊張。

一、二、三、四；一、二、三、四。

一、二、三、四；一、二、三、四。

——就是那裡吧，你們掛外套的地方——

——是的——

一、二、三、四；一、二、三、四。

一、二、三、四；一、二、三、四。

——啊，老師我找到了，你看，它好端端掛在我的寄物櫃……——

我啪噠啪噠地跑出去，找到了，找到了，我滿心歡喜地手裡拿著那件外套。

——啊，好老舊，而且好短，怎麼會變成這樣破破爛爛的——

確實是掛在我的寄物櫃，可是和我的外套不一樣，在昏暗的光線下一照，顏色褪成了紅紫色，一看就知道是舊外套。

我頓時心頭一驚，心想著我的披風外套居然在一夜之間變老了。

——看看你，怎麼變得如此老舊，還縮水不是嗎？——

我一邊這樣想著，同時抱著既懷念又恐怖的微妙心情，仔細地又瞧了一遍我那件變得老舊的披風外套。

魔之池

那是個秋高氣爽的日子。

我晃晃悠悠地散步在秋天的街道上。

咦？走在上學途中。不，依然是散步中。

山呈現赤紅色，稻田上滿是收割後如棋子般的稻草束。宛如大和尚小和尚排排站的稻草堆，安安靜靜地堆在那裡。澄澈的晴空令人心曠神怡，（四周的景色，正值秋天的季節）當時我邊走邊想著要寫封家書給故鄉的母親。

天空愈來愈高。

抬頭看一望無際。

嗨呀、嗨呀。

就在我喃喃自語的時候。

——啪鏘一聲——

——哇喔——

我嚇了一大跳，驚慌地回頭一看，我的便當盒很可憐地掉進一個小水窪裡。

中午到了。

便當。

便當。

——啊，對了，我的便當不能吃了——

我眞的很悲觀，於是我這樣想著。

一、爲何會掉下去？便當盒眞是我的嗎？要是其他人也不會那麼倒楣吧？

二、爲何偏偏我走的路上出現水窪呢？馬路那麼寬，我沒必要小心翼翼地確認自己走過的地方吧？

三、爲何便當會掉進水窪裡？便當盒很小，水窪也很小，小東西和小東西之間似乎很合拍似的。便當盒爲何非得要掉進那個小水窪不可？其他能掉的地方也很多不是嗎？

我思考了一下以上三點，不禁毛骨悚然。

總之我一上課就忘了這檔子事，又晃晃悠悠地一邊散步一邊從學校走回家。

依然秋高氣爽。

而且天空十分蔚藍。

秋天的晴朗日子，和煦而溫暖。

山巒也變得清晰可見。

（近來如何，今年有沒有採到很多「香菇」？）

我邊走邊想著要寫給住在鄉下的哥哥的信件內容。

——啪鏘——

——哇喔——

我整個人被嚇到了。

請看，我竟然跌進了水窪裡。

——呀！——

這個水窪，和便當盒掉落的那個水窪沒什麼差別……不，根本是同一個水窪。

噠嚕、噠嚕、噠嚕，我的腦海中盤旋著剛才提及的那三點，此外還浮現出更加可怕的三點。

——好恐怖啊，這是魔之池！——

我臉色變得蒼白，心懷恐懼地窺看著那個小水窪。

水窪上映著蔚藍的天空，呈現無限深邃的暗藍色。

——裡頭也許住著某個妖怪——

我是這麼想的。

玩具

總有辦法的。總會有辦法吧？抱著船到橋頭自然直的心情，迎接每一日又送走每一日，即便如此，不管怎麼做，還是有無能為力的時候。一旦演變成這種地步，我就像斷線的風箏，飄飄忽忽地被吹回老家。穿著日常穿的衣服，連帽子也不戴，雙手插入懷中，悄悄地走進距離東京二百里的老家玄關。徐徐打開老家客廳的紙門，然後佇立在門檻上。父親拿著放大鏡低聲地讀著報紙政治版，母親正在一旁做裁縫，他們看見了我，臉色為之一變，不約而同地站起來。有時，母親會發出裂帛似的尖叫聲，盯著我看了好一會兒，發現我臉上長著青春痘，也有長著腳，確定我不是幽靈，這時，父親馬上化作憤怒之鬼，母親則是掩面哭泣。因為自從我離開東京的那一刻，便佯裝已死了。不管受到父親多嚴厲的辱罵，母親如何哀傷的泣訴，我聽完以後，僅露出一絲不解的微笑帶過，即使人們常說如坐針氈，我倒是覺得自己恍如置身在雲霧之間，只感到一陣茫然。

今年的夏天也差不多。我需要三百圓，正確來說，只需要二百七十五圓。我討厭沒錢的日子，認為人只要活著就該請客，穿漂亮的衣服。我知道老家現金不到五十圓，但是，我很清楚老家的倉庫裡還藏有二、三十個寶物。我打算盜走它們。其實我已經來來回回得手三次，今年夏天是第四次。

文章寫到這裡，我還有十足的自信。傷腦筋的是，接下來該採取何種姿態。

我對於這篇命名爲「玩具」的小說，究竟是要展現出完美的姿態，還是模範的情感？我盡可能地使用抽象事物來表述，小心翼翼，如履薄冰，卻達不到任何效果。如果說出了一個道理，最後又一再地緊追著前言，不斷地在後面加上長篇大論的註釋。剩下來的只有頭痛和發燒，啊，廢話連篇的自責。以及好想要跳進糞坑溺死自己的那種衝動。

請相信我！

我現在打算要寫這樣的小說。有一個名喚「我」的男子，透過某種不起眼的方法，欲喚醒自己三歲二歲一歲時的童年回憶。我要敘述的是那位男子三歲二歲一歲時的回憶，但絕非恐怖小說。對於費解的嬰兒行爲，一般人會有多大的興趣，我想到這點，於是攤開了稿紙，此外什麼也沒做。所以說，這篇小說主要內容在描述一個男人三歲二歲一歲時的回憶。其餘的事，無須多加贅述。先以「記得我三歲的時候」作爲文章開頭，慢慢帶出兒時的種種回憶，再到二歲一歲，最後敘述我誕生時的回憶。然後慢慢地收筆，就大功告成了。然而，這裡產生了到底該展現出完美的姿態？還是模範的情感？這個令人頭疼的問題。

所謂完美的姿態指的就是文章處理的手法。將對方連哄帶騙，或安撫，當然還要施加一些威嚇，一邊敘述故事，待時機成熟，便隨著某句饒富深意的話語，讓自己突然消失。不，並不是完全消失。而是快速地隱身於門後，不久，便露出天眞無邪的笑容從門後再次出現，這時候，對方的身體便任由我隨心所欲地操控。所謂的處理手法，指的就是這種等級的技術。也就是一位作家眞誠地設法使其更爲精進的對象。我也不討厭將這種處理手法，企圖巧妙地運用在這名嬰兒的回憶故事當中。

在這裡，我想有必要清楚地表明我的態度。我有預感謊言快要被拆穿了，一面表現出我已逐漸遠離完美的姿態，但運筆時一再地小心謹愼深怕自己又回到了要求完美的狀態而受到傷害。開場白的數行並未刪除，讓它原封不動地留著，應該要立刻察覺到這點才對。而且，用堅定不移的自信這把金鎖，將開頭的數行牢牢地鎖在讀者的心中，這或許才是技術精湛的高明手法。

事實上，我打算要回去。一開始曾提及的那位男子，爲何想要重新喚回自己三歲二歲一歲的記憶？爲何喚得回這些記憶呢？還有，當記憶喚回的時候，男子將遭逢什麼樣的命運？這些內容我全都想好了。我打算最後再加上嬰兒時期的回憶，如此一來便能創作出兼具完美姿態和模範情感的小說。

不必再對我有所防備了。

因爲我已經不想寫了。

這樣寫好嗎?如果我只寫嬰兒時期的回憶你也願意看的話,一天只寫個五、六行,很緩慢地寫下去,你也願意仔細看的話……

好吧!敬祝這件不知道哪天能完成的毫無意義的工作,正式出發!我和你兩人一起乾杯虔誠地祝福!工作即刻開始。

我記得出生後第一次站在地上的事。下過雨的藍天、雨後的黑土、梅花。這一定是在後院。女人柔軟的雙手把我的身體抱到那裡,接著悄悄地讓我站在地上。我完全不在意,大概走了二步、三步。突然我的視覺捕捉到地面向前無限延伸的遼闊感,雙腳的腳底板也捕捉到地面無限的深度,剎那間全身凍結住,屁股跌坐在地上。我像是著了火似的大聲號泣。原來是無法忍受的空腹感。

這些全都是謊言。我只記得在那雨後的藍天,出現了一道朦朧的彩虹。

事物的名稱,若是適宜的名稱,即便不仔細聽,自然也會明白。我,透過我的皮膚聽見。茫然凝視物象時,那個物象的言語會搔癢我的肌膚。比方說,薊草。對於壞名稱，我毫無反應。也有些名稱再怎麼聽，我還是無法接受。比方說，人。

在我二歲那年的冬天，有過一次發狂的經驗。我感覺猶如紅豆粒大小的煙火在我兩耳深處劈里啪啦地爆炸，我不假思索用雙手捂住左右耳。於是耳朵不再聽見那些聲音了。只是不時聽見遠方潺潺流過的水聲。眼淚一直流一直流，不久感到眼球微微的刺痛，接著周圍的顏色改變了。我心想難不成眼睛裡有類似彩色玻璃的物體嗎？很想把它從眼睛裡取出來，好幾次我把眼皮揑起來，裡面什麼也沒有。我看著圍爐的火焰。看著看著，火焰頓時一片漆黑。彷彿在海底看著昆布森林隨波搖擺的奇景。綠色的火焰像緞帶似的，而黃色的火焰看起來像是一座宮殿。不過，我最後看見像牛乳一般的純白火焰，看得渾然忘我。「哎呀，這孩子又尿濕了，每次撒尿，這孩子總是直打哆嗦。」我記得不曉得是誰曾如此喃喃自語。這才驚覺原來我在某個人的懷中。忽然覺得有點難爲情。這一定是只有帝王才能享受到的喜悅。「相信我，不會有人知道的。」這番話並不是輕蔑。

同樣的事，發生了第二次。我有時會跟玩具交談。秋風呼嘯的深夜裡，我問枕邊的不倒翁說：「不倒翁，你不冷嗎？」不倒翁回答：「不冷。」我又問他：「眞的不冷嗎？」不倒翁回答：「不冷。」「眞的嗎？」「不冷。」睡在一旁不曉得是誰看著我們笑了。「這孩子似乎很喜歡不倒翁呢。一直安靜地看著不倒翁。」

等到大人們全都進入夢鄉之後，我知道有四、五十隻老鼠在家中來回奔跑。偶爾會有四、五條青大將[1]在榻榻米上爬來爬去。但大人們頻打鼾，睡得很熟，所以根本不知道竟有這樣的畫面。老鼠和青大將甚至還會跑到地板上，大人們也不知道。我在夜裡，幾乎一整晚都沒有闔上眼睛。直到天亮，在眾人醒來之前，有稍微睡一下。

我在無人知曉的情況下發了狂，沒多久又在無人知曉的情況下恢復正常。

這件事是發生在更年幼的時候。每次看著麥田裡的麥穗隨風搖曳，總會想起這件事。我在麥田底下發現了兩匹馬。紅色的馬和黑色的馬。確實一直在忍耐著。我感受到了力量，即使這兩匹馬非常靠近我，也無視於我的存在，這對我來說很無禮，但我連不

1 日本錦蛇。

滿的餘地也沒有。

我還看見另外一匹紅色的馬。或許是同一匹馬也說不定。似乎正在做針線活兒。隔一陣子又會站起來，啪嗒啪嗒地拍打和服的前面。可能是爲了要掃落多餘的線屑吧。牠彎下身體，用縫衣針刺我的臉頰。說著：「孩子，會痛嗎？會痛嗎？」我痛死了。

若是屈指算來，祖母是在我出生後第八個月過世的。當時的記憶，只有薄霧中裂出了一個三角形的縫隙，從裡面可以窺探白晝的透明天空的寶貝肌膚，這樣的印象特別清晰。祖母的臉和身體都很小。頭髮的樣式也小小的。穿著一件上頭滿布著如芝麻粒般大小的櫻花瓣圖案的縮棉和服。我被祖母抱在懷裡，陶醉在香料散發出來的清爽香氣中，一邊望著烏鴉在半空中嬉鬧的畫面。祖母哎呀大叫一聲，把我整個人摔在榻榻米上。我一邊翻滾落下，一邊看著祖母的臉龐。祖母的下巴抖得相當厲害，潔白的牙齒也震得嘎嘎作響。不到一會兒工夫，祖母的臉朝上昏厥了過去。好多人圍過來簇擁在她身旁，一齊發出像鈴蟲[2]般微弱的聲音開始哭泣。和祖母並排躺在榻榻米上，我安靜地看著死人的臉。祖母年邁且白淨的臉上，從額頭的兩端皺起了小小的波紋，這些皮膚的波紋很快地擴散至整張臉，看著看著祖母的臉布滿了皺紋。人死的時候，皺紋遽然冒出來，還會動。不停地動。皺紋的生命。就是這樣的文章。最後我終於難以忍受屍體發出的惡臭，從祖母的懷裡爬了出去。

祖母唱的搖籃曲至今仍迴盪在我耳畔。「狐狸要出嫁，新郎不見了。」其餘後話，不提也罷。

2 日本蟋蟀，亦即金鐘兒。

女人訓戒

辰野隆[1]老師的《法國文學漫談》書中有一篇相當有趣的文章。

話說一八八四年，並不是很久遠以前的事。奧文尼[2]的克萊蒙費朗市[3]有位叫做希布雷的眼科名醫。根據他獨創的醫學研究，用獸類的眼睛來替代人類的眼睛是件容易的事，而且經過實驗證明，獸類之中又以豬的眼睛和兔子的眼睛和人類的眼睛最爲近似。他爲某個盲眼女士嘗試進行這個破天荒的創新手術，因爲豬的眼睛總給人不好的印象，所以移植手術便選用兔子的眼睛作爲移植物。

奇蹟出現了，那位女士自從手術後那天起再也不必拄著拐杖探索這個世界。她藉由兔子的眼睛得以恢復視力，重回伊底帕斯王棄而不顧的光明世界[4]。這起手術震驚了社會引發不少的爭議，當時的報紙也有刊載相關報導。然而，數日之後，因其植入的義眼接縫處化膿，很可能是手術進行的時候消毒不完全所致——支持這種說法的人們占多數——這位女士聽說後來又瞎了。當時和她常往來的朋友在事件發生之後跟別人說了以下的事：

我自己目睹了兩個奇蹟，第一個奇蹟，不用說，與傳說中的奇蹟意思相同，不依賴信仰而是根據科學實驗產生的奇蹟。然而，這並不是什麼值得大驚小怪的現象。第二個奇蹟對我來說更加的珍奇，就是她植入兔子的眼睛後的數日之間，只要看到獵人就會馬上逃走這樣的現象。

以上雖然是老師的文章，試著抄寫出來之後，總覺得老師肯定在字裡行間巧妙地添加了虛構成分讓它看起來很神祕。像是「豬的眼睛和人類的眼睛最爲近似」這段描述太絕妙了。不過，總之這是認眞的報導寫作格式。如果順著文字讀下去卻不信賴的話，對老師會很失禮。我會努力全然相信老師寫的都是眞的。這份神奇的報告中特別重要的點在文末最後一行：「只要看到獵人就會馬上逃走。」單就事實陳述，我現在嘗試釐清到底發生了什麼事。她移植眼球的材料是兔子的眼睛，我想是醫院裡飼養的家兔不會錯的。家兔按理來說不會懼怕獵人才對。應該連獵人也沒見過吧。如果是棲息在山中的野

1 東京帝國大學教授，法國文學家。
2 奧文尼（La région d'Auvergne），法國中部行政區。
3 克萊蒙費朗（Clermont-Ferrand），法國中部城市名。
4 在希臘悲劇《伊底帕斯王》中，伊底帕斯王試圖逃離命運卻無能為力，終究依神諭所預言地弒父娶母。為了贖罪，他選擇自戕雙眼，永遠地放逐自己。

兔，或許知道對獵人是不可掉以輕心的，想當然耳會敬而遠之，難不成博士用來作實驗的兔子，是特意前往深山中，大費周章獵捕的野生兔子？我不認爲有此必要。所以肯定是飼養在醫院裡的家兔。從未見過獵人，爲何那隻兔眼會辨識出獵人並感到懼怕呢？這裡存在著些許問題。

答案其實很簡單。懼怕獵人的不是兔子的眼睛，而是擁有那隻兔眼的女士。雖然兔眼什麼都不知道，但擁有那隻兔眼的女士卻清楚知道獵人職業的性質。還沒有移植兔眼以前早就聽聞過獵人嗜殺的殘虐性。也許有個技術超群的獵人住在她家附近，而且特別是獵捕野兔的高手，今天捕獲十隻，昨天捕獲十五隻，從山裡頭直接拎回來，我想這種事若不是聽獵人自己親口說，就是聽獵人的妻子說的。要解決很容易。這位盲眼女士移植了家兔的眼睛，終於能看見這個光明世界，因爲很珍惜自己的兔眼，加上聽說過獵人是兔子的宿敵，既憎恨又驚恐，自然避之唯恐不及。也就是說，並不是兔眼讓這位女士以爲自己是兔子，而是她太珍視兔眼，以至於自發地產生了變成兔子的錯覺。

在女性身上，這種肉體倒錯的現象似乎還滿常見的。之所以會如此，是因爲女性會毫不在乎地把動物之間的肉體交流看作是很正常的事。有某位英語補習班的女學生，爲了想要正確地發出L的發音，平均每週吃兩次燉牛舌，也是相同的例子。西洋人之所以能夠那樣正確地發出L的發音，而且輕鬆自然，是因爲從古早以前就有肉食的習慣。因爲吃了牛肉，牛的細胞不知不覺間移植到人體裡，所以會像牛一樣，舌頭的部分特別長。所以那個女學生才會爲了正確地發出L的發音，平均每週兩次奮力地嚼食燉牛舌。燉牛舌，如您所知，是牛舌的燉煮料理。比起牛腿肉之類的，舌頭的部分似乎更爲直接有效。這段期間，她的舌頭迅速變長了，L的發音也和西洋人幾乎差不多。

如此奇妙的現象，我也僅是耳聞，並沒有直接與這位勇敢的女學生接觸，現在跟諸君報告這些，多少有些覺得汗顏，但是，我想這種事還是很有可能發生的。因爲女性在細胞同化能力這方面，確實相當驚人。

好比說，一披上狐毛圍巾，忽然變成說謊的婦人。平時，原本是謙遜的太太，一旦用了狐毛圍巾，穿戴出門，馬上變成極其狡猾愛撒謊的模樣。狐裡，依我在動物園仔細觀察的結果，絕非人們印象中狡猾惡劣的動物，倒不如說牠是內向、謙遜的動物。狐狸幻化成妖怪之類的說法，對狐狸來說是莫須有的冤罪。如果牠眞的能夠幻化成妖怪，沒必要成天無精打采地轉來轉去，被困在柵欄之中。牠大可利用牠的變身術從柵欄逃脫才對。

由此看來，狐狸不是什麼會變化的動物。可是買來穿戴也太過分。這名婦人似乎也是單純地盲信狐狸欺騙人的傳聞，明明誰也沒有附身，每次使用圍巾時，卻會給人一種刻意在撒謊的印象。眞是辛苦了。並不是狐狸讓婦人愛撒謊，而是婦人被自己心中空想的狐狸同化了，而予人視覺上這樣的印象。這種情況我認爲和先前盲女的故事相當酷似。那個兔眼本身一點也不會懼怕獵人，甚至連獵人也根本沒見過，反倒是擁有兔眼的女士，見到獵人嚇得魂飛魄散；明明狐裡也沒有欺騙人，反倒是披上其毛皮的婦人，會刻意地欺騙別人。在心理狀態上，她們幾乎如出一轍。前者，超越了眞實的兔子，化作空想的兔子，後者亦然，超越了眞實的狐狸，化作空想的狐狸，而且毫不在意。這點才奇怪。女性的皮膚觸感過於敏感，氾濫到不可收拾的觸覺，從以上兩、三個眞實案例，即可獲得清楚的例證。聽說有某位電影女明星，爲了讓皮膚白皙，特別去吃烏賊的生魚片。瘋狂地攝取，讓烏賊的細胞和她的肉體細胞同化，以確保肌膚達到柔軟、透明、白皙的功效。這眞是很愚蠢的迷信。然而，令人不快的是，根據傳聞她的嘗試竟然成功了。到這裡，我已經不知道這究竟是怎麼回事，除了感嘆女性的悲哀之外也別無他法。

眞的是什麼都可以變化呢。西洋有個故事是北方守護著燈塔的妻子，將不小心撞上燈塔死去的海鷗羽毛蒐集起來，做成一件白色的背心，明明是個貞操自守可愛的妻子，穿上這件背心之後，突然失去了沉穩，她的性情丕變，竟然變成一個水性楊花的女人，和丈夫的同事發生了不倫的關係。終於在冬天的某個夜晚，她從燈塔的塔頂上，張開雙臂像鳥一樣俯衝，失足墜落在洶湧怒濤吞噬的岩石上。這位妻子也是身體產生突變，才會成爲悲傷的海鷗的化身吧。好悲慘的故事。

日本也有類似例子，很久以前，民間就流傳著二、三則貓咪幻化成老婆婆，引起家中騷動的故事。那也是相同模式，你想想看嘛，貓咪既不會幻化成老婆婆，老婆婆肯定也不會發狂變成貓。好悲慘的姿態，稍微碰觸一下耳朵，就算心頭會怔一下，老婆婆的耳朵也不會亂動吧。也不見得會愛吃油炸物，捕食老鼠。這樣說或許並不誇張。女性的細胞實在是很容易與動物同化的東西。故事寫至此，逐漸變得陰鬱起來，雖然很討厭，我還是想趁這時候，針對人魚這種生物的眞實性進行一番深入的思考。人魚，自古以來都是女性。還不曾聽說過有男的人魚出現。人魚故事的主角向來只限於女性。這裡有解決問題的提示。我倒認爲並沒有那樣的提示。

一夜她非常忘情地吃著一尾令人毛骨悚然的大魚，之後不知爲何那隻魚的形貌留存在心中，深深地留存在女性的心中，這意謂著肉體的細胞正要開始變化的證據。隨即以加速度進化，身心欲焚地戀著海邊，光著腳丫從家中飛奔出去，然後嘩啦嘩啦地潛入海中，腳上一粒一粒地生出鱗片，將身體彎曲向前划水，好悲傷啊，她的身體變成了珍奇的人魚。我認爲用不著按照上述的順序。女人天生就是善泳的好手，單靠其肉體的脂肪，就可以漂亮地浮在水面上。

教訓。「女性，切不可忘記謙虛。」

磷光1

「嗯，妳眞漂亮。可以直接去王子那裡當他的新娘了。」

「哎呀，母親，那可是夢喔！」

就以上二人的談話，到底誰才是夢想家，誰才是現實家呢？

從言談上看起來母親宛如夢想家，而女兒似乎是所謂打破夢想的現實家。

但實際上，正因爲做母親的也許壓根兒不相信那個夢的可能性，所以才會輕易地說出那樣的夢想，反倒是急於否定的女兒，搞不好其實內心滿懷期待，才會急急忙忙予以否定。

雖然，這世間的現實家和夢想家之間的區別，也如同上述的情況錯綜複雜，但此時此刻，別人並沒有如此想過我。

我，在這世間活著。但僅僅只是一小部分的「我」而已。同樣的，你也是，還有其他人也是，大部分的「我」，肯定是活在一個其他人完全不知道的地方。

以我的情況，舉例來說，每天我有幾個小時，是活在和這個社會完全分割的另一個世界裡。就是在我睡著的這幾個小時。我確實透過我的眼睛看見了這個地球上絕無僅有的美麗風景。而且還難以忘懷地記憶著。

我用我的這個肉體，在夢的風景裡漫遊。而記憶本身，究竟是現實？抑或睡眠中的夢境？如果那璀燦光華沒有改變的話，對我來說，夢的記憶不同樣是現實嗎？

在睡眠期間所做的夢裡面，我聽過某位朋友最美的一段話。而我回應他的，也是情感最自然流露的一段話。另外，在睡眠中做的夢裡面，我從朝思暮想的女人那兒，聽到她說「其實我……」像這樣起頭的眞心話。於是我，即便從睡夢中清醒，依然當作是我的現實而深信不疑。

夢想家。

那些像我這樣的人，似乎會被許多人貼上標籤，被稱之爲夢想家，當成是天眞瀾漫的異類，他們嘲笑我們，他們輕蔑我們，但面對那些正在笑的人們，就連正在笑的你，對我來說也如同夢一樣。聽到這樣的話，那些人臉上又會是什麼樣的表情呢？

「我」，每天八小時在睡夢中成長、衰老。也就是說，這個「我」並不存在所謂「這個世界」的現實，因爲這個「我」是在「另一個世界」的現實中長大的男人。

我在這個世界有個哪兒都不存在的好朋友。而且，那位好朋友很眞實地活著。還有一個在這個世界的哪兒都不存在的妻子。而且那個妻子，能夠言語，擁有肉體，很眞實

1 原題：Phosphorescence。

地活著。

我睜開眼睛醒來，一邊洗臉，一邊感覺到那個妻子身上的香氣近在身旁。於是，在夜裡就寢時，還抱著可以和那個妻子相遇的期待。

「好久沒見到你，怎麼了嗎？」

「我去摘櫻桃了。」

「冬天也有櫻桃？」

「在瑞士。」

「這樣啊。」

既沒有食慾，也沒有性慾，什麼也沒有，在夢中持續著冷冷的情話，以前好幾次夢過這樣的畫面。不過，我們夫妻也曾橫躺在地球上絕對不存在的湖邊草原上。

「很不甘心對吧。」

「笨蛋！大家全都是笨蛋！」

我流下眼淚。

就在那時，醒了過來。我流著眼淚。睡眠中的夢境與現實連結在一起。心情也原封不動地連結在一起。因此我認爲，對我來說這個世界的現實，也包含著睡眠中夢境的延續，而睡眠中的夢境，也包含著我的現實世界。只看見在這個世界裡我的現實生活，對其他人來說，是不可能了解我的全部。同時，我對其他人的內心世界也無從理解。

若按照佛洛伊德的理論，夢境似乎是受到這個現實世界給予的所有暗示的產物。我倒認爲那是把母親和女兒混爲一談的謬論。雖然夢境與現實相連在一起，本質上還是有所差異，應視爲另一個世界向我們展開。

我的夢與現實相連，現實是夢的延續，即便如此，那個空氣，還是完全不一樣。在夢的國度流下的眼淚，和這個現實世界相連，我還是會不甘心地流著淚，但仔細一想，在夢的國度流下的眼淚，我反而會覺得更爲眞實。

舉例來說，某個夜裡，發生了這樣的事。

一直在夢中出現的妻子對我說：

「你知道所謂的正義嗎？」

用一種不是在開玩笑，對我十分信賴的語調詢問著。

我沒有回答。

「你知道所謂的男子氣概嗎？」

我沒有回答。

「你知道所謂的清廉嗎？」

我沒有回答。

「你知道所謂的愛嗎？」

我沒有回答。

還是同樣的畫面，我們橫躺在那個不存在的湖邊草原上，而我一邊流著眼淚。

突然間，一隻鳥飛過來。那隻鳥，近似蝙蝠，單邊的翅膀長約三公尺，而且牠的翅膀聞風未動，像滑翔機一樣無聲地在我們上方約二公尺處低空飛行。那時候，像是烏鴉的叫聲，牠如此說道：

「在這裡哭泣沒關係，可不要在那個世界為那些事哭泣喲！」

從那以後，我的想法慢慢變成，人活在這個現實的世界，以及另一個睡眠中的夢境世界，生存在這兩個世界裡，混雜著兩個生活的體驗，不就是所謂的全部人生嗎？

「莎喲娜啦。」

向現實的世界告別。

在夢中相見。

「剛才，叔叔來過了，不好意思。」
「那叔叔已經回去了嗎？」
「叫他帶我去看戲，他根本沒在聽嘛！聽說在羽左衛門與梅幸兩人繼承師名的發表會上，這次的羽左衛門，看起來比之前的那個羽左衛門更加地風度翩翩，形象清新可愛，而且，聲音又好聽，在演技方面也很棒，完全不會輸給前一代的羽左衛門。」
「即使那樣。坦白說，我還是非常喜歡之前的羽左衛門，那個人過世之後，我意興闌珊到根本提不起勁去看歌舞伎的程度。然而，比起那個，更美的羽左衛門都登台了，即便是我，也想去一睹風采，你怎麼沒去呢？」

「軍用吉普車來過了。」
「軍用吉普車？」
「是啊，我拿到了一束花。」
「這是百合吧？」
「不是耶。」
因爲我也不曉得花的名字，於是想辦法掰出很長一串類似Phosphorescence（磷光）

般艱深的外國學名。我對自己的語學如此貧乏感到很羞恥。

「聽說在美國也有招魂祭。」那個人這麼說。

「這是招魂祭的花?」

那個人並沒有回答。

「已經成了墓園裡的無名氏，好悲哀喔。我爲此消瘦。」

「不知該說什麼好?你喜歡的話什麼都好，說給他聽吧。」

「說告別吧。」

「告別了，還會再相逢嗎?」

「在另一個世界。」

那個人說完，我才想到，啊，這就是現實。即便在現實的世界告別，還是會在睡眠的夢中世界再次遇見這個人，我這麼想著，心情豁然開朗。

於是，早晨醒來，告別是現實世界發生的事，相遇是夢境世界發生的事，然後再次的，告別依然是夢境世界發生的事，不管哪邊的心情都是一樣的，我已經無所謂了。我在床上發呆著，某位雜誌的編輯來家裡收取原稿，因爲早就約定好今天是截稿日。

還是連一張稿紙也寫不出來，請原諒我。請等到下一期雜誌，或是過兩期雜誌的那時候再叫我寫吧。我如此請求，但對方聽不進去。要我今天內五張也好十張也好，非得交出稿子來，否則就傷腦筋了。我也向對方表明，不行，我也很傷筋。

「不如這樣吧。接下來，我們一起喝酒，由您來口述內容，我負責寫下來。」

我實在難以抗拒對酒的誘惑。

編輯和我一齊外出，前往我熟悉的一家關東煮的店，拜託老闆將二樓的安靜房間借給我們使用，那天恰好是六月一日，從那天起，據說料理屋全部自主歇業，所以老闆說不是很方便租借給我們，便予以推辭。若是這樣的話，你這邊有沒有之前還沒賣完的酒可以讓給我們？於是老闆賣給我們一升日本酒，我們二人就提著一升的酒瓶在初夏的郊外四處漫步。

突然，我想到，可以走去那個人的住處。我以前經常會去那個人的家門口前晃晃。不過，我還不曾進去過。倒是在其他的場合遇到過那個人好幾次。

那個人的家，空間相當寬敞，家人也很少，一定至少有一個空房間。

「我們家因為孩子眾多，實在太吵了，很難專心做事，況且一旦家中有客人來訪的話，也很傷腦筋，正好附近有認識的朋友，不如就到她那裡進行工作吧。」

即便這樣的事也不得不編個藉口，也許再也見不到那個人了。

我鼓起勇氣，按下門鈴。女傭人出來應門，她說：

「您要找的人，現在不在家。」

「去戲院是嗎？」

「是的。」

我撒了謊。不，那不是撒謊。對我而言，我說的是眞實的事。

「這麼說來，馬上就會回來了。不久前，才跟我的叔叔遇到，說她被拉上舞台，但中途逃走了，還哈哈大笑呢。」

女傭人應該以爲我是熟人，含笑迎我入室。

我們被帶領到那個人的客廳。在正面的牆上，掛著年輕男子的照片。連墳墓也沒有的人，好可憐啊。我在這個瞬間領悟到了。

「是男主人嗎？」

「嗯，還沒從南洋歸來呢。都七年了，一點音信也沒有。」

那個人，原來竟有這樣的丈夫，其實，我也是在那一刻才知曉。

「好漂亮的花。」

年輕的編輯看見在那張照片下方的桌子裝飾的一束花，如此說道。

「是什麼花啊？」

被他這麼一問，我很流利地回答他：

「Phosphorescence」（磷光花）。

一個承諾

有一回遭逢船難，吾人被捲入怒濤之中，被海浪拍打至岸邊，死命攀附的地方，竟是燈塔的窗緣。眞慶幸啊！我大聲喊叫救命，往窗內一看，守著燈塔的是一對夫婦和他們年幼的女兒，他們剛好很拘謹地享受著幸福的晚餐。啊啊，我心想好像不該打擾他們。我如此淒慘的叫聲，不是會打破了他們一家團圓和樂的氣氛嗎？正當我想喊「救命啊！」聲音抵達了喉頭，卻在一瞬間遲疑了。僅僅是一瞬間，緊接著，巨浪又唰的一聲湧過來，將虛弱的受難者的身體一口吞沒，沖到很遠的海域去。

都自顧不暇了，哪還有去救別人的道理？

就算眞的去救了別人，究竟會有誰看見我這受難者的善行呢？誰也看不見吧。此刻，看守燈塔的人肯定還是一家團圓享用著晚餐。受難者就這樣被巨浪擊沉（也有可能是在下雪的夜晚）一個人孤獨地死去。既看不見月亮，也看不見星星。然而，這樣的善行將成爲無可爭辯的事實被人傳頌。

換言之，以上純屬作者的一夜幻想所衍生的故事情節。

但是，這個美談絕不是瞎掰，像這樣的事實，的確曾經存在於這世間。

作者的幻想最不可思議的地方就在這裡。事實往往比小說更爲離奇。但是，世上還是會有無人看見的事實存在。有股衝動想把那樣的事實寫出來，才是身爲一個作者存在的價值。

站在第一線，正在爲國打仗的諸君。我想告訴你們一件事。在誰也不知道的某一天，諸君在某個角落所做出的善行，必然會有一群作者，會毫無保留地流傳給子孫後代。日本文學的歷史，三千年來一直沿襲著這樣的傳統，咸信今後也不會有所變化。

古典龍頭蛇尾

這一陣子，由於狂亂的痼疾痛苦地發作，我一直不停擦拭額頭滲出的汗，努力將痛苦拋諸腦後。現在，我必須針對日本文學進行冷靜的論述。像這樣維持著握筆的姿勢，閉上眼睛，身體感覺好像要被吸入地獄似的，倘若如此仍行不通，也只好恣意振筆疾書如左。

關於日本文學，雖然也曾想過眞誠無僞地寫出內心的感想，到頭來還是不知道該如何下筆。好討厭、好討厭，什麼感想的感想的、感想的感想，宛如鳴門海峽的漩渦般源源不絕從後方湧出，這類的感想多到氾濫，我根本連碰都不想碰。只要將這張書桌旁堆得如滾滾洪流的感想，一棒打下去讓它凝結，就好像千代紙工藝一樣將那些濺起的水花加以拼貼，如此一來，很快就能完成一篇文章，這就是我過去以來所使用的書寫策略。而今天，我打算將這個書齋那些多到氾濫的感想，直接從裡面掬起一瓢，不明究底地照抄過來。這篇文章肯定會寫得很順利吧。

「傳統」這個字眼，要爲它下定義實在很不容易。這是不可思議的力量。有某所大學培育了一名出類拔萃的乒乓球選手，從此之後每年陸續都有乒乓球好手出現。世人說這就是傳統的力量。乒乓球大學的學生引以自豪的榮耀，也構成了這個不可思議現象的誘因之一。所謂的傳統，就是自信的歷史，日積月累建立起來的自恃，日本最引以爲傲的，就是天皇。而日本文學的傳統，則以天皇所創的文學形式最爲持久。

五七五調[1]，其實也融入了身體的節奏。一邊走路一邊吟詠出詩句來。忽然察覺到屈指一數，肯定是五七五調。「若是覺得肚子餓、全身無力走不動[2]。」必然會如此規矩地建構出應有的形式。

思索的形式傾向於單一化。也就是說，一定會裝作什麼事都知道。無法忍受像我這樣惑亂的姿態，採取片面的觀察，固執己見，到死也不懷疑。這種人並非追求眞理的學徒，經常是達觀的師匠。他必然很會說教。連最講究務實的作家西鶴[3]也不忘在他的物語前後，置入閒散豁達的人生觀。野間清治氏[4]的文章中，也看得出來繼承了這個傳

1 日本俳句的基本形式。
2 原文作「ハラガヘッテハ、イクサガデキヌ」，二句皆為七個音節，在此譯為比較接近順口溜的感覺。
3 井原西鶴，江戶時代的人形淨琉璃的作者，以及俳句詩人。井原西鶴自創文學體裁「浮世草子」，從而促使町人文學的誕生，被譽為日本近代文學大師，其代表作品為《好色一代男》。
4 野間清治（一八七八—一九三八），日本出版社「講談社」的創辦人，曾在任內創辦九種雜誌，被譽為「大眾雜誌王」。

統。小說家之中，如里見弴[5]氏、中里介山[6]氏。兩者在說教意味上，應該稱之爲純日本作家。

日本文學非常講究實用性。文章報國。有乞雨之歌。與幽默文學相去甚遠。此乃國家體制的因素。今以鍛造日本刀的心情草寫此文，一筆三拜。

我沒辦法漫無目的享受文章。我無來由地熱愛高深，不知何謂無意義（Nonsense）的美。去鑽研太多枝微末節的道理，實在無聊透頂。我不愛月亮上的玉兔，卻偏愛〈喀嗤喀嗤山〉[7]的小兔。其實〈喀嗤喀嗤山〉是個復仇的故事。

妖怪是日本古典文學的精髓。狐狸娶親。狸的腹鼓。只有這種傳統，至今依然大放異采。一點也不會讓人覺得老舊過時。女性幽靈是日本文學的調味料。是植物性的。

與美術、音樂傳統相較之下，現在，日本文學的傳統最爲弱勢。之於我們這個世代的文學，傳統究竟給予何種程度的影響呢？就我所想到的直接寫下來。

答案是完全沒有。

至於我們這個世代，餘音嫋嫋的傳統之絲，像是應聲切斷似的。而詩歌的形式，現在似乎仍以五七五調，如此完美的形式而自鳴得意。至於散文嘛。

對於我們來說，就像脫落的顏色般白淨，猶如抹上一層飛白，這樣的日語，聽起來像是異國的語言，令人耳目一新。事實上，同樣是一個個單字所組成的日語，卻擁有著完全不同的生命。雖說它是日語沒錯。但已非傳統認知上的日語，逐字逐句的想法，在不知不覺間，被別的東西所替代了。甚至連「眞是遺憾啊」，這樣沒什麼大不了的句子，也透著異國語言的聲響。甚至連一個獨立的片語，也已經產生了像這樣質的變化。

病中的托洛斯基[8]參觀宛如廢墟的龐貝城，並看了一部關於古代妓院的短片。難過得快要哭出來。如此這般的光景，酷似對我們的古典文學的情感。《源氏物語》本身，我不認爲質的方面有多麼優秀，但《源氏物語》與我們之間不知相隔了幾百年的風雨，因而被覆蓋了霜雪和苔蘚的《源氏物語》，竟能讓身處於二十世紀的我們感同身受，有所共鳴，不是件令人感激的事嗎？要是現在來寫《源氏物語》，我想肯定得不到任何人的讚美。

5 里見弴（一八八八—一九八三），大正時代的日本文學作家，白樺派代表人物。
6 中里介山（一八八五—一九四四），日本小說家，其發表的大河小說《大菩薩》，被視為日本近代大眾文學的原點。
7 〈喀嗤喀嗤山〉裡的兔子是心狠手辣的兔少女，對於中年醜貍貓的死纏爛打追求，進行各種殘酷惡整，最後更害其溺死湖中。
8 托洛斯基（Leon Trotsky），曾經是蘇聯共產黨和第四國際領袖，同時也是軍事家、政治理論家、文學作家。

我從不曾抄襲古典文學。雖然在我的朋友之中，熟讀日本古典這方面，我可是相當自負。但我從未曾借用古典的文章。從西洋的古典，倒是剽竊了不少。事實上，日本的古典，在這點上毫無用處。簡直就像是荒廢的城市一樣。從前還能在這裡飲杯美酒，欣賞菊花。若要引用古典於今日的文學創作上，則是風馬牛不相及。古典本身自有其經典之作的閱讀樂趣，不過也僅止於此。我曾試著評論過輝夜姬[9]，還是無可避免地失敗了。

日本古典文學的傳統，最能夠散發高雅香氣的應當是名詞。歷經了幾百年漫長的時間，吸納了幾百萬日本男女的生活，曖曖內含光。野有茜紫野。島有浮島、八十島。濱有長濱。浦有生之浦、和歌之浦。寺有壺坂、笠置、法輪。森有忍之森、假寐之森、立聞之森。關隘有勿來關、白川關。另外，和服的一些專用名詞，雖然不屬於古典範疇，像是黃八丈、蚊絣、藍微塵、麻葉、鳴海絞，縱使未曾見過實物，和服的花樣卻清楚地浮現在眼前，眞是不可思議。或許這正是傳統的力量吧。

好不容易稍微進入狀況，我已寫滿了八張稿紙，是編輯當初指定的張數。再次感受到現實沉重的痛苦襲來。重新讀過一遍之後，眞不曉得自己在寫些什麼東西。語無倫次，朝令夕改。這樣的內容眞的合適嗎？雖然我想寫點諷刺的字句作結尾，但請容我再思考一下。

終於不行了。就寫到這裡爲止。請原諒我。因爲我比較想寫小說。

9 《竹取物語》裡的主角名字，《竹取物語》是日本最早的物語作品。

葉櫻與魔笛

作　　者　太宰治
譯　　者　銀色快手
編　　輯　呂佳昀

總 編 輯　陳旭華（steve@bookrep.com.tw）
副總編輯　李映慧

社　　長　郭重興
發行人兼出版總監　曾大福
出　　版　大牌出版／遠足文化事業股份有限公司
發　　行　遠足文化事業股份有限公司
地　　址　23141 新北市新店區民權路 108-2 號 9 樓
電　　話　+886- 2- 2218- 1417
傳　　真　+886- 2- 8667- 1851

印務經理　黃禮賢
封面設計　朱疋
排　　版　新鑫電腦排版工作室
印　　製　成陽印刷股份有限公司
法律顧問　華洋法律事務所　蘇文生律師

定　　價　360 元
初　　版　2013 年 5 月
四　　版　2019 年 12 月

國家圖書館出版品預行編目資料

葉櫻與魔笛 / 太宰治 作 ; 銀色快手 譯 . -- 四版 . -- 新北市 :
大牌出版 , 遠足文化發行 , 2019.12
面 ;　公分
譯自：葉桜と魔笛
ISBN 978-986-7645-93-7 (平裝)

861.57　　108016321